小学生、裏山[illegible]隊

恋下うらら

目次

第一弾　〜僕ら裏山探検隊編〜

続編第二弾　〜裏山探検隊活動編〜

第三弾　～ひとりじゃないよ、裏山探検隊編～

第四弾　～裏山探検隊集合編～

第一弾　～僕ら裏山探検隊編～

1．僕ら裏山探検隊

ある町の小学校の近くに、小高い山があった。
その山は大和三山の一つです。
大和三山とは、奈良県盆地南部にそびえる三体の山々。
歩いて登ると頂上までは三十分かかるぐらいの山だ。
山は、木々の枯葉が所々積もっていて、うっそうとした山です。
曲りくねった道からはずれると、けもの道になり、狸や、時にはいたちなども現れた。

初夏は日の光が最も強くなる季節。
草木はその光をたっぷり吸収してすくすくと成長する。
ゆえに初夏は、野山も街中も、いきいきとした緑でいっぱいになる。
そうした緑の中を、かぐわしく吹く風は、清らかですがすがしい。
僕らの始まりは、葉や草木が勢いよく茂る初夏だった。

この話は、僕らが山にいて皆と一つになっていくお話だ。
山にいて過ごした小学生五人組。
僕達はだんだんとスパイラルにはまっていった。

「マーサ、おはよう」
と背中をドン、とたたかれる。
目がバッチリ覚める感覚である。
「おはよう、おはようさん」
僕は皆と挨拶をかわし、エネルギッシュにはつらつとなる。
マサキは教室にいつもの風景にとけこんでいく様、中に入っていった。
窓から見下す庭とプールがキラリと光ってみえた。
その八成小学校に六年生になる男の子がいる。
名前は黒田マサキ。
皆から〝マサキ〟とか〝マーサ〟とか呼ばれている。
人気者までとはいかない僕だが、仲の良いグループがいた。
僕合わせて、五人と仲が良かった。

「マーサ」

と言われ、冗談を言い合うグループに属している僕は個性的で通っている。

そんな学校生活を送っていた。


六年生になってからの僕は、校庭で遊ぶ事が少なくなってた。

小学四年ぐらいまではドッチボールなどして楽しかったのを覚えている。

最近の僕は、学校の遊具がマンネリ化してきてた。

学校の窓から見下ろす遊具が滑稽で、ピンク色のリスのオブジェ、黄色や青色に塗られたブランコなどが、僕にとって、まんまんたる原野になる事はなかった。

それに引きかえ、裏山は計り知れない所。

なんせ子供が探検するにはいい所だ。

〝今度、行ってみようかなぁー〟

と僕は悠悠閑閑にかまえていた。

僕の頭の中の考えが、ぐるぐる、ぐるぐる回り、臆病な風船がはじけ飛んだ。

もっと面白いことがあるはずだ。

体の中を心地よい風が通り過ぎていった。

忘れもしないある日の土曜日。

そして僕にとって、平凡だった毎日に、ある契機がおとずれた。

父さんと二人で裏山に登る事になった。

一人で行く山は、少し淋しくて怖いが、父さんと行く裏山は楽しいだろう。

父さんは母さんに
「おにぎりを三つほど作ってくれ。学校の裏山に登ってくるよ」と言った。

母さんは頼まれたとおり、おにぎりを三つこしらえて、リュックにつめてくれた。

僕もリュックに水とおかしをつめこんだ。

「久しぶりだなぁー。昔、登った事があるよな。なぁー母さん」と話はじめた。

僕は初めて父さんから裏山の事を聞いた。

久しぶりに登る山に父さんはウキウキしている。

「結婚する前に二人で登ったな。あの時は良かったョ。マサキが生まれてきたのはそのすぐ一年先だったかな。それ以来かぁー。

今日は父さんと二人で行こうか」

と頭をつっついてうれしそうに言ってきた。

やっぱりあの山はいい山だったんだ。

僕は身をのり出すと自分の方にリュックを引きよせ、そしておにぎりとおかし、水が入ってるのをもう一度確かめた。

「うん、これで大丈夫だ。さぁ、行ってみよう‼」

とはしゃいだ声で言った。

母さんは
「いってらっしゃい」

と言って玄関まで見送ってくれる。

「行ってきまーす」

僕達は元気よく手を振って家をあとにした。


うっそうとした森が見え、中に入ると木と枝葉が幾重にも見える。

父さんと登る道々で、僕は幅広の土の階段を一歩ずつ踏みしめていた。

日に焼けないように頭にタオルをぐるぐると巻きつけた父さんはいつになく楽しげだ。

後からついてくる僕をチロッと心配そうに見ては声をかけてくれた。

「どうか～、だいじょうか、マサキ。山道は少しきついか？」

と言って僕に手をかす。

「大丈夫だよ、父さん」

僕は少し立ち止まるようにひと息つき、今来た道をふり返る。

土の階段の横には白い野花が咲きほこり、風に吹かれ揺れ動いていた。

草木の若々しいにおいがしてきた。

父さんの背中を見ながら歩いてると、父さんは急に立ち止まり、大きく息を吸った。

「あ～、いい空気でいっぱいだ。山の中にいると下の町の事は、すっかり忘れるなぁ～。中に入ったら至る所いい山だと認めるわ。実を言うとな、この山は小さな山だけど、昔から百人一首にのった事のある歴史ある山だ。あさぼらけ～、あれ、この歌は違ったかな？こうやって昔の人達の気持ちに返ってみると、風流な気持ちになるなぁー。

澄み切った空気、澄み切った青空、情緒ある風景もまた楽しいだろう？」

と父さんは、いつになくいい調子で話している。

「この山の事は、少し学校で習った事がある気がするよ」

「そうか…」

と父さんはうなずく。

上から見る景色は、ほど良い高さであるにかかわらず、遠くに見える家と家、その間にある田んぼがチラホラという町並みになって見えている。

「父さん、やっぱり山から見える景色はいいね」

父さんも
「きれいだなぁー」

と感嘆の声をあげた。

「ホラ、父さん、あれあれ」

僕は町並を指さしはずんだ声だった。

「あの赤い屋根が僕家？」

「あそこに病院があるだろう…。だからそこの近くが僕家だ」

「八成小学校の運動場も小さく見えるなぁー」

「そうだなぁー。ほら見てみろ、車なんかミニカーが走っているみたいに見えるゾ」

僕達はしばらくの間、空と町並を見渡していた。

山の空気を吸うと夕べは雨だったせいか、かすかにすがすがしい空気にひたった。

昨日とは違い、今日は晴天だった。

僕は何かしら、この山に引き付けられるところがあった。

父さんもこの山の事がすっかり気にいってるみたいだ。

そのまま山道を登っていくと、いろんな人と会った。
若いカップルや、リュックを背負った兄さん、僕と父さんみたいなペアもいた。
行く人と来る人、一列になって行きかう人々が
「こんにちは…」

と声をかけてくる。

父さんも
「こんにちは」

と返す。

僕は少しびっくりした。

「え?、知ってる人なの?」

と聞くと、父さんは少し立ち止まってニコリと笑った。

「マサキ、ちょっとおいで」

と近くにある石の上に座った。

「そうだ!!　マサキに少しいい話をしておこう。山では知り合いじゃなくても挨拶をする事があるんだよ…。

挨拶しなきゃいけないという決まりはないいんだけどね。

照れなくてもいいんだ。

山に登って行くとつらく厳しい山道もある。それでも皆、歯を食いしばって、頑張って登ってみるんだ。頂上まで登ると達成感もあるね。その厳しさを人生に例える人もいるくらいだ。一歩一歩行く山道と、一歩ずつ進んでいく人生と重ね合わせるんだ。

挨拶は頑張ってください…という意味を込めてるかもしれないなぁ〜。

声をかけ合って元気をもらおうか…。ところでマサキは少し元気がでたか？」

と僕の背中を叩いて言った。

「ちょっと元気もらえたョ、父さん」

僕は背筋を伸ばして、コクンとうなずいた。

今、僕は父さんに聞きたい事があったのを思い出していた。

僕にとっての父さん…。

父さんにとっての僕…。

父さんはそんな僕に気づかず、リュックからおにぎりを取り出す。

僕たちは母さんが作ってくれたおにぎりをパクついた。

おにぎりをほおばりながら、さっきの話の続きをする。

「そうか…、人生か、面白いな、大人って…」

と父さんに言った。

父さんは天を見上げるように
「なっ、マサキ、そう真剣に考えることないゾ。ゆっくり登る山もいいんだ。お前には、まだ早いかなー、少しずつ成長してくれればいいんだョ」

父さんは少し遠い目をした。

一言一言が何だろうと考えさせられた。

振り返ると父さんは笑いかけていた。

僕に向けられた笑顔がそこにあった。

「大人になるって面白いなぁー」

と僕が言うと
「大人になるって面白いか、かぁー。

二人で行く夕やみが包む山道もいいなぁ～。♬僕は幸せだなぁ～♬」

と歌うように突然、父さんは言った。

「突然、何？　何のこと…」

「昔のテレビの人が歌ってた言葉だよ…。

父さんこの言葉が好きなんだよなぁ…ハハハ」　と言って笑った。

そして僕の頭をくしゅくしゅと撫でてくれた。

僕も何の事かわからないままつられて笑ってしまった。

「いい歌だね。母さんと僕と一緒で良かったたって事？」

と聞いておきたかった。

「そうだョ!!」

と言って父さんは鼻歌を歌いながら、山道を下りて行った。

澄み切った空気をいっぱいすいこんだ。

風に吹かれて、カサカサという音がささやくように聞こえた。
目の前の木々は、ここに最初に着いた時と同じ青さに茂っている。
もう五月になりはじめたと告げている様に僕には見えた。
まっすぐな飛行機ぐもが夕やけに浮かんでいた。
父さんはふり返り
「帰ろうか、マサキ」と言った。
楽しそうな父さんを見ながら僕達は帰路に着いた。

僕は家に帰り着いた頃から考えていた。
あの山を友達にすすめてみようか…。
探検に行くのはどうだろうか？
僕達だけで探検するとなるとどうなるのかなぁ…。
仲のいいあいつらを連れて行ったら面白いかも。
また、秘密基地なるものを作る事ができたらどんなにすばらしいことか!!
考えを巡らせると色んな事が浮んでくる。
虫取りはもちろんの事、ハンモックをぶらさげてもいいだろう。
仲間と一緒にお弁当を持ってきて、一日過ごすのもいいだろう。

秘密基地なる僕らの城で、そこで勉強するのもいいだろう、
(これはちょっとできるかな⁇)
母さんにうるさく言われる事はない。
先生に怒られる事もない。
解放感という風が通りぬけていく。
なんてステキな風だ。
それで僕は…と考えた。
行くだけ行ってみよう。
でもこのステキな計画も母さんに言うと、ダメになってしまいそうだなぁー。
「マサキ、何してるの？　下に降りてきてちょうだい‼」
うるさい母さんが下から呼んでいる。
「何～⁉　今、下に降りるから～」
山に登る期待を胸に、下に降りていく。
僕は何ごともなかった顔でテーブルについた。
母さんが入れてくれたミルクココアの香りがしてきた。
「はい、マサキ、ミルクココアよ」
いつものミルクココアを飲みながら僕は行く探検を思い、ほくそ笑んでいた。

母さんには内緒にしておこう。


次の日、六年二組の教室にいた。

夕べの事を思うとすごく楽しくなってきたゾ。

裏山に登って探検だ!!

これが僕が出した答えだった。

僕にはいいアイデアがある。

そうと決まれば早い事にこした事はない。

早く行きたい…。

終りのチャイムを聞くと同時にイスから立ち上がり、仲間のあいつらに声をかける。

「おい、佐藤、ヨッチャン、ケイ、来てくれいい話があるんだ。面白い遊びを発見したんだョ」

はしゃいだ口調で言ったマサキは仲間の三人に声をかけて近くのイスに座り直した。

佐藤君は佐藤あきら。

くっきり二重の洗練された顔立ちが女子から人気だ。

お調子者のヨッチャンは色黒の野球少年だ。

幼稚園の時からの幼なじみのケイとは一番の仲良しだ。

僕の声に驚いて三人はあたふたと駆けよってくる。

駆けよって来る三人を見て僕は子供っぽくむきになっていた。

「どうしたのか?……。何かあるのか?」

目を輝かせながら側の机の端に座る。

「びっくりするなョ」

と言ってひとしきり笑ってみた。

「詳しく話したいんだけど…。あれ?」

ヨッチャンも、ケイも、佐藤君も、僕も、二階堂君がいない事に気がついた。

「ああ…。多分、先生の所だよ」

「あいつも学級委員長だから急がしいかもしんないな」

彼は、少し毎日が大変そうだ。

二階堂君は皆から慕われていて、修学旅行の班分けの時も
「彼、しっかりしてるから全部まかせちゃおう」

と女子から言われていた。

僕達の前では彼は少しふてくされていたが、学級委員の仕事はそつなくこなしていた。

二階堂君は頼りがいがあって、にくめないヤツだ。

僕は少しうらやましいと思いながらも、仲間でいる事がうれしかった。

それからやっと二階堂君を含む五人が集合したのは次の休み時間だった。

「僕が考えるにはさぁー。小学校で遊ぶのも面白いけど、皆で裏山を探検してみないか？　秘密基地など作ったりして!!」

　と同級生四人に提案した。

　僕よりも背の高いヨッチャンは見下ろすように
「どうゆうこと？」

　と聞き直した。

　僕は子供に言い聞かせる様にゆっくりと、

「それでさぁー。皆で裏山に登って遊んだらどうかなってことさ。僕達の城をつくるんだョ。虫取もいいけど、ハンモックなどぶら下げたりして、皆で集まろうよ」

「面白そうだ!!　いついく？　いついく？」

「いつにしようか～」

「まず最初に僕達の秘密基地を作るんだナ」

「色んな事して僕達だけで暮らすのさ!!」

「暮らすのか!!　それは面白そうだ!!」

　暮らすという言葉に皆は目をかがやかせた。

「家の人にも内緒でいくぞ!!」

「オウ」

「秘密基地でも作ろうや」。

一番喜んだのはヨッチャンだった。

「面白そうだから一度行ってみようか」

「行ってみよう。行ってみよう」

と胸をワクワクさせ、早速行ってみる事にした。

「僕、ずっーとこんな事がしたかったんだョ!!」

とヨッチャンが言うと、

「そうだろう～」

と僕は満足そうに大声で笑った。

一人っきりで裏山に登る事は無理だと思う。

今日という日は愉快になりそうだ。

そこで、今日の放課後、家に帰ってからこの五人で集合する事になった。

「学校に集合して裏山に探検だ!!」

「おかしと飲み物など持っていこう!!」

「他に何を持っていく?」

「マンガの本などどうだろう」

「僕はゲーム!!」

皆、軽やかに大きな声をあげた。
「それでは解散！
一応、他の人にも、もちろん家の人にも内緒で行くぞ」
僕はそう言って皆と頭をつき合わせた。
マサキは今度は小さな声で
「よっしゃ!!」
とかけ声をかける。
一つになった僕ら五人は壮快だった。
楽しそうに別れを告げると、ランドセルを勢いよく担ぎ、軽い足取りで帰っていった。
僕は家に着くなり、早速おかしを側のダンボールにかくすように外に持って出る。
「母さーん！
今からケイ君と遊びに行って来るよ。
じゃあ、行ってきまーす」
と言ってペロッと赤い舌を出してウソをつく。
玄関の脇に置いてある自転車にまたがり、少し『やったー!!』
と思いペダルを踏みこみ、ビュンビュンとばす。
踏み込む足がクルクルと勢いよく、ペダルにあたる草の香りがしてきた。

僕はまるで逃亡してるみたいだ。

今から悪い事でもしようとしているのか…。

〝立ちこぎをして目的地へ突進だ‼〟

「ヒュー！」

と言い、興奮しながら角を曲がると、誰かが手を振ってる。

そこにはヨッチャンが待っていた。

「ヨッチャン、早いなあ～」

と声をかける。

僕は自転車から降りて、手で押して歩く。

今日の事を家の人に内緒で出て着た事を彼に告げてると、あとの三人が集まってきた。

「何だかドキドキするなあ」

このドキドキが今日の昼からずっーと続いてた事を思い出した。

はやる気持ちをおさえつつ、辺りを見渡し、一列になりながら歩いていく。

「大丈夫さ、僕達五人いるし」

「そうだよな」

五人で仲良く自転車を川づたいに押しながらしばらく行くと裏山が見えてくる。

「ここに置いとこか」

自転車をふもとに置くことにした。
前カゴにつんできた、おかし、マンガの本、ゲームなど手に持つと
「さぁ、出発だー!!
裏山探検隊だ!!」
探検隊となった五人は、張り切って裏山に向かって入って行った。

2. 裏山探検隊・突入編

「うわぁー、山の空気はいいなぁ」

「山の中に僕は入ったことないなぁ」

と佐藤君は、抱え持ってるカバンをぎゅっとつかんだ。

「少し遠くまで行くのか?」

「大丈夫さ。この道をずっーと行けそうだ…。また考えようゼ」

「そうしよう」

「それじゃあ、気をつけて行こう!!」

僕の元気な声にあわせて、山道へ入っていく。

父さんといった事がある道からそれて入っていく。

そこはまた違った世界だった。

木々の間から木漏れ日が差し、小鳥のチュンチュンという鳴き声がしてきた。

一歩一歩踏み込んでいく山道は、下界とは全く違っている。

奥に行くにしたがい、時々バタバタと聞こえる羽音に驚きながら、少し気味悪くもあり、五人にとってまた、不思議な未知の世界になる。

佐藤君は、ずり落ちそうになってるカバンを肩にかけなおし、山道の道とはわからなくなってる細道を一歩一歩確かめるように歩いて登った。

しばらく歩いていくと二手に分かれる道に出た。

「どっちに行こうか‼」

「どうしよう…、右も左も同じ感じだゼ」

とケイが言うと、

「じゃんけんで決めようか…。ケイが勝ったら右、僕が勝てば左へ行くゾー」

「よォーし！　ジャンケンホイ！」

という声が響き渡る。

結局、ケイが勝ったので、右へと行く事になった。

右へと進んで行くと、先頭に立って歩いているケイが何かいい所を見つけたようだ。

ケイが皆を手まねきして待っている。

皆は持ってきたカバン、おやつ等放り出して走って行く。

ヨッチャンもかぶってた帽子をぬぎ捨てて石と石の間をジャンプしている。

皆も、石をころがしてイスにしたり、小さな石など集め出した。

「何して遊ぼうか…。それでは、木の幹当てゲームでもしようゼ」

皆、ケイの言うとおりにしようと思った。

ケイはいつも面白い事を考えるのだ。

いつも彼はゲームに対して真剣だった。

僕ら五人は一斉に小石をにぎりしめ、大きな木の幹に的当てとして投げはじめた。

五人の小石は最初からうまく当たる事はなかった。

「なんかむずかしいなぁー」

息を切らし、夢中になっていた。

「的当てのあとは持ってきたゲームでもしようか?」

と僕は皆に聞く。

「おう!!」

と楽しそうな返事だ。

楽しそうにしてる彼らを見ると、のんきに構える事にした。

しばらくして、

「そうだ‼　ここに秘密基地を作ろうか‼」

と僕らは辺りを見渡した。

「ここに広くていい場所があるゾ」

少しはずれた木と木の間に、広くていい所があった。

「最初は枝木かなんかで、ドッチボールのコートの様な線を書こう」

と土の上を家にみたてて書いていく。

「こっちはリビング、こっちはトイレだ‼」

「さぁ、できたゾ。皆、どうか見てくれ‼」

とケイは軽快なリズムで地面を足でトントンと叩いた。

五人は簡単な家を見て笑いだした。

「よォ！　りっぱ、りっぱ‼」

と手を叩いて喜んだ。

「この部屋は二階堂君の…。この部屋は佐藤君の…」

とケイが説明したら、二人とも部屋に入ってきた。

「おじゃましまーす」

とクスクスと笑う。

佐藤君はいたずらっぽく

「おい、俺の部屋はダンロもあるし、シャレてるゾ」

と片足を組んでゆっくりと深くウンウンとうなずいた。

まるでシャーロックホームズがパイプを加えてうなずいてるみたいにキザだ。

小さな探偵さんが目の前にいる。

大きな目、口にはパイプ…パイプの煙がたちこめたように感じた。

皆、

「よっ!! 佐藤、かっこいいなぁ、お前」

と口々に言った。

探偵となった彼は、得意げな笑みで足を組みなおす。

するととなりで、

「僕の部屋はおもちゃでいっぱいにしよう!!」

とケイは両手を広げ、空を見上げながらくるくると回転しだした。

僕はそんなケイの姿を見て、お腹を抱えて笑った。

目がまわったケイは、自分の部屋となる土の上にどかっと座った。

皆は部屋に入り、土の上に寝ころんだ。

「とりあえず、できばえ上々!!」

と言って、ありったけの空気を胸いっぱいに吸い込みながら倒れこむ。

皆、目をつぶり、頬で感じるここちよい風が無人島へといく。

「僕はなんて幸せなんだろうか～」

と古いテレビで見るおじさんみたいな事を言ってた父さんを思い出して、皆を笑かした。

「えっー、それなに？」

「古いなぁー」

と言って皆も笑ってくれた。

波の音こそは聞こえないが、木の葉のカサカサという音が耳に響いてくる。

すると誰かが、

「おなかすいたなぁ」

と言い出した。

その言葉で目を開けた僕は、現実に引きもどされ、基地へと変身する。

「とびっきりおいしい物持ってきたぜ」

とケイは放り投げたカバンの所へ行った。

「よし、休憩しておやつでも食べよう」

五人はそれぞれ持って来たおやつを広げてみる。

ますますエスカレートした二階堂君が言った。

「もっと明日、この秘密基地に色んな物を持って来よう」

「その辺の物を拾って持って来てもいいなぁ」

と途中に捨ててある物とか、家にある古いなべとかあったのを思い出した。

そして僕が持って来たダンボール箱を机にみたてて、広げたたぁくさんあるおかしに、ヨッチャンはパクついていた。

「んー、おいしー…」

「ミユー…、ミユー…」

「？？？…」

「何んだ⁉」

「ミユー…ミユー…」

と何か生き物（？）らしき声。

僕も皆も首をひねった。

ヨッチャンはあわてて口に入れたおかしをのどにつまらせて目を白黒させてる。

「ミユ…」

皆そっちの方をふり向くが姿はない。

ヨッチャンは胸をドンドンと叩くとあわせて持ってきたお茶を飲みほす。

とっさにケイだけが声のする方へとかけ出して行った。

「ケイ、ケイ」

消えていった方に向って、大きな声で呼んだが返事がない。

「あれ、どうしたんだろう…」

ケイではなく、もう一つの生き物（?）の声だけが聞こえてくる。

「ミュー…」

四人はじっーと木のかげを見つめていた。

僕達四人は息をひそめてその声を聞いてみる。

「ミュー…、ミュ…」

動物の鳴き声らしきもの…。

「なんだ?　なんだ?」

と茶色の土の上に、そっと足を踏み入れる。

まだらの日差しがちらほらと森の木の間をうつしだす。

その光にまぶしさをおぼえた。

「ケイ…」

と僕は小声で呼んでみた。

その声がとどいたかどうかわからないまま僕達はたちつくしていた。

「あっ、何か動いたゾ」

「しっー、静かに…」

ミューミューとないた。

すると突然、

「おい！　皆‼　こっち来い‼」

とケイの声がする方にあわてて行く。

土の上を踏みしめ、かけ寄っていくと、ケイがジィーと座ったままだった。

「どうした？　ケイ…」

「大丈夫か？」

心配になりもう一度聞いてみる。

皆でそっと後ろから見ると…。

「何なんだ…。その生き物何…？」

するとまだ生まれて間もない子ネコが捨てられていた。

ミューと鳴いていたのは子ネコだったんだ。

白い体に茶色い縞模様がある小ネコは、まだ目が開いて間もない様子…。

「うわっー、可愛いなぁ…」

と言うとヨッチャンはそうっと小ネコを抱いてみる。

小ネコの温もりが手の平から伝わり、ほんのりピンク色の口からは、弱弱しく力なさそうになく。

子ネコはフルフルと震えていた。

こわれそうな子ネコを見て、

「目がまだ見にくそうだなぁ」

と言うと、ヨッチャンは隣りの僕にそっと赤子を抱いてもらう様、慎重に手渡した。

全身の力を手に集中させる。

まだらの日の光が子ネコにあたりユラユラと揺れている。

その光に子ネコはまぶしそうにしていた。

「誰かの家で飼えないか?」

「家はマンションだからペット禁止だ」

とケイは残念そうに首を横に振る。

「家は犬がいるからなぁ」

皆は首をかしげて目を伏せた。

「どうする?……」

と一言、言って僕は子ネコをながめた。

子ネコの行く末を心配するあまり唇をかんだ。

〝ミューミュー〟と鳴いている子ネコが不便でならない。

僕達は下を向いて子ネコをながめていた。

「そうだ‼　いい事があるゾ」

と大股で歩きながら二階堂君は石の上にかけ上がった。

一段高くなった彼は皆を見おろした。

彼は自信に満ちた態度で
「発表しまーす‼　ジャジャーン。この秘密基地で飼おう‼」

二階堂君のジャジャーンという効果音もおもしろかったけど、なにより方法が見つかった事がうれしかった。

「驚いたゼ、そういう事気づかなかったなぁー」

「よっ！　さすが二階堂‼」

二階堂君は頭をかきながらまんざらでもない顔をした。

「良かったぁ…アハハ…」

と声をそろえて一斉に笑うと森に響きわたった。

「僕達が飼ってあげるからね」

と子ネコの両脇を抱え高くかかげておしりをふった。

子ネコは必死に僕の手にしがみついてた。

「危ない、危ない‼」

とケイは両手で頭をかかえる。

僕は大事そうに抱え持つとうれしくなって子ネコの顔をのぞきこむ。

目をつぶり、繊《せん》弱な子ネコは何かに耐えていた。

「お腹すいてないかなぁ」

「夕べから何も食べてなさそうだなぁー」

「ミルクしか飲まないョ、きっと」

「あっ、僕が持ってきてあげるよ」

と一番家の近いヨッチャンがかけ出して行った。

張り切ってかけ出して行った彼を見ながら
「ごめんな!!　頼むぞ…」

と言った。

その間、僕達は話をして待っている事にした。

「この子ネコ、まだ生まれて間もないよ」

「誰が捨てて行ったのかなぁー」

「かわいそうだな」

手つかずのおかしが風に吹かれて飛んでいきそうになってる。

僕はそれを眺めながら子ネコの鳴き声を聞いていた。

「この子、ミュー、ミューと鳴くなぁ」

「この子…。

あっそうだ、名前をつけてあげよう」

と僕は言った。

「何がいいかなぁー」

「ミケとかタマとかにしちゃう⁉」

「それは少し古いなぁー、アハハハ…」

と笑いだした。

「そうだ‼　ミューミューと鳴くからミューにしよう‼」

「可愛いなぁ」

僕達四人はにっこりした。

結局名前は『ミュー』となった。

「ミュー、今、ヨッチャン兄ちゃんがミルク持ってくるから待っててね」

そう言って机にしていたダンボールを逆さにしてミューのお家を作ってあげる。

そのお家にミューをそおっと入れてあげた。

顔をあげると西の空は夕焼けが広がっている。

西日を背に張り切ってるヨッチャンが息を切らして帰ってきた。

ヨッチャンの手にはペットボトルを抱え持ってる。

「おとんにばれるところだった。成功！　成功！　はい」
と言ってペットボトルのミルクを渡す。
ミルクをペットボトルのフタに入れて少しずつ口に差し出す。
そっと口につけてあげると…。
小さな舌でペロッとなめる。
「よかった、少しなめてる、なめてる」
もう一回、口に運んでみる。
子ネコとミルクの香りがプーンとして、甘い香りとネコのにおいが入り混じる。
心なしか元気になったミューの小さな命。
僕の鼓動とミューの心と心がふれあい、つながってる気がした。
目もまだよく見えていないミューを見て僕の心が少し痛んだ。
確かな事は何んだったんだろうか。
ストンと心が落ちる。
大切な物を失いたくないという気持ちだ。
干死《ひじ》になりそうだったミュー。
生きていくってなんだろう。
〝せっかく生きてるんだから…〟

というぐらいで捨てられていたミュー。

僕達が見つけなければ、ミューが生きていくという選択はかわいそうになかったのだった。

僕はミューを撫でながら心に決めた。

守ってあげるよ僕が…。

小さなミューをもう一度抱きしめた。


それから僕達は何回か代わる代わるミルクをあげた。

「もう六時前だ」

「そろそろ帰ろう、おとんにばれるゾ」

とヨッチャンは言った。

「このダンボールに隠して置いて帰ろう」

「うん、そうしようか…」

「明日、来るからね」

木のかげにそおっと隠し置いて立ち去る事にした。

３．わんぱく少年隊と田岡先生

ある日の出来事。

担任の男の田岡先生に目をつけられる事件があった。

それはそれで面白かった。

僕とケイと二人が給食当番の日。

教室での片づけも終って、当番である僕達は、給食室までカートを押していた。

「面倒だなぁ～」

「早く終わらせようゼ」

背の高さほどあるカートを二人で押すと少し重たい。

前方もあまりよく見えない。

それでも、

「もう少しスピードをあげよう」

とかけ声をかけて下を向いて勢いよくカートを走らせる。

カートの滑りもよくなり、二人の協同作業がまた楽しかった。

「わー、面白い～。意外と速い、速い！」

カートの車が勢いよく走り出した。

次の瞬間、
ボーン!!

前方でカートで隠れて見えなかった田岡先生にぶち当たり、一メートルほど先生が飛ばされた。

「いてて…。こら！　お前ら、危いぞ!!」

先生の痛そうな悲鳴が聞こえた。

僕らは、〝エッー〟と目を見張ったが、先生がカートにひかれて飛ばされたのを見て、思わず笑ってしまった。

悪いと感じるが、飛ばされた姿を思い出しては思いっきり笑った。

「ハッハハッ…。大丈夫ですか？」

腹をかかえてまではいかずとも、肩をゆらして笑う。

一メートルぐらい飛ばされた先生が面白かったのだ。

フフフ…と回りの皆も笑ってた。

「こら！　笑ってないで、謝れ!!」

と田岡先生は腰を押さえながら、顔を赤らめて恐っている。

先生のいかってる顔がタコに見えてきた。

もう一度、言われるときっと笑いが止まらなくなりそうだ。

先生は運が悪かったのだ。

一度笑うのを止めて肩をすくめてみる。
先生は表情を崩し、口びるをつき出していかっている。
「先生！　スミマセン！」
と短く言うと口に手をあてた。
口元がわからないように手で隠したのだ。
「君らどうしようもないなぁー。
いてて…。
危ないなぁ、俺でまだ良かったよ」
と言って、普段から鍛えてる先生は痛そうにしながらも許してくれた。
それから何かある度に、先生が言う事は決まっていた。
「おい！　そこの二人！　気をつけてくれよ」
とか、
「先生の後を歩くんじゃないよ！　前を歩け！」
とか冗談を言ってくる様になった。
あのあと飛ばされた先生を思い出しては、何回か笑ってしまった。
僕達のこういった所がダメなんだよなぁーと漠然と思っていた。
いや、わかっているけどやめれなかったんだ。

秘密の探検をしてから五人は休み時間の度に集合した。

ミューと秘密基地の事を考えると、なぜか笑いがこみ上げてくる。

その声が大きかったのか、教壇の所にいる田岡先生が少し怪訝そうな顔で見ると同時に僕は目が合った。

「やばい…」

「皆、秘密基地の事は内緒だぞ」

と僕が言うと皆、大きくうなずいた。


放課後、秘密基地にバラバラに集合した。

僕が来ると秘密基地に入るやいなや足で何かをふんづけた。

ふんづけたというよりつまずいた。

そこにはトランプとペットボトルが散乱していた。

レジャーシートも広げたままで風にめくられていた。

「オーイ!!　皆、どこだぁ!?　皆、一緒か?～」

ミューだけ、ミューミューと側のダンボールの中で鳴いて遊んでるのが見える。

抱え持って来た荷物を置いて、もう一度、大きな声で呼んでみる。

「オーーイ!!　皆、どこにいるのかぁー」

と叫ぶ。

「オーーイ、こっちだよー」

誰かの声が遠くに聞こえた。

〝良かった〟と思い、その声なる方へかけ出して行くと、おじいさん一人と三人、皆で話しこんでいた。

「何だ、何だ」

そのおじいさんは少し小太りで、大きな目をしていた。

おまけに髪は白髪まじり…。

茶色の上着を羽織り、首にはタオルをかけ、石の上にちょこんと座っていた。

僕はその中に入れずにいた。

「オゥ、もう一人来たな…。ここに座れ…。ここはなぁ～、戦中防空壕があった場所なんじゃ。でも大丈夫だ、安心してくれ、ここは神様に守られてるからの～。

わしが小さい時、そう、ちょうど君らぐらいかな～。この山によく登ったもんだ。君らも遊びに来てるんじゃろう？　ここはいい所だョ、本当。小さい時のわしは母ちゃんによく怒られてこの山を登った事があるョ。

下りていくタイミングがわからず夕方遅くに下りて行き、母ちゃんに怒られたもんだ。

畑の物を盗んでは皆でこの山で食べたなぁー。トマトなど美味しかったなぁー。

でも盗んで食べちゃあいかんゾ。今の君達は何でもある時代に生きてるから幸せだなぁ。

そういえば君らは食べ物では何が好きなんか？」

ヨッチャンはうれしそうに、

「僕は、ハンバーガーとフライドポテト‼」

「僕はドーナツや唐揚かな…？」

と話た。

おじいさんは、

「それは大変じゃあ…」

と突然立ち上がると、僕達の方を向いて軽く咳払いをする。

「よく聞くんだよー。この山に唐揚げや、フライドポテトなど揚げ物など持って来てはイカンよ。なぜかと言うと狸やキツネが出てきて人間をだますんだゾ～」

「エッー、本当なの⁉　なんでー」

皆は目を丸くして驚いたが、僕はおじいさんの笑った目を見てウソだと思った。

「それは昔の話だけど狸に化かされた人の話を知ってるか？

ある時、一人の男の子がおつかいで、油揚げなどたんと持って山に入ったそうな。

その子は狸にだまされて道に迷ったそうな…。だまされたのがわかったのは次の日じゃったらしい
…。そう言った昔話があるんだよ」

「ウソだろう～、そんな事ないいない」

とケイは軽く手を振った。

「そう、ウソじゃよ。何かの戒めで言った事がいい伝えられてるのかな。物を大切にしなさい…という事かもね。

昔、君らと同じ年の頃に、仲のいい四人ぐらいでこの山をよく登ったョ。

でも狸なぞには会わんかったよ。

あっ、そういえばもう一つ不思議な話があるんだけど、この奥に川があるんじゃ。

昔の事だけど、川に光る魚がいたんだ」

皆はその話に聞きいった。

「えー、どんな魚⁉　なの。おじいさん」

おじいさんは、大きな石に座り直した。

「この奥、ずっーと入っていくときれいな川にでる。回りを見渡すと両岸には木という木その間に流れる川は、川底が見えるほどすき通っていたんだ。

ぐるりと見ると森の間の川だよ」

僕も今いる森をぐるりと見渡した。

その時、僕達はまぶしい光につつまれていた。

六十年前のおじいさんの子供の頃、

「くにお、早く来いョ」

友達のへいぞうの声がする。

川の中に入ると冷やりとした水で、その中をちいさな魚がいっぱい泳いでいた。

「魚が見えたゾ、見えたゾ…」

「草りをここに置いておこう!!」

と、くにおは皆に言い、水の中に入る。

「ひゃ〜、冷たくて気持ちいいや」

片足をそおっと揺らしてみる。

水の中の魚達がパッと驚いて岩かげにかくれる。

「魚が見えたゾ！」

「小さいなぁー、上手につかまえられるかやってみよう」

と、くにおは持ってきたアミでそっとすくってみた。

岩と岩との間にかくれる。

「こっちにかくれだゾ」

皆もその事に気づくが上手に捕える事ができない。

皆のおしりは丸くぬれていた。

泳いで向こうの奥深くいくと、突然ふみひろが

「ここに光る魚がいたぞ‼」

と叫んだ。

僕達はあわててふみひろの足元を見にいった。

「どこだ‼　今、そっちに行くぞ」

光る魚を見たさに声のする奥の方へと進んでいく。

「きれいな青色で光ってたョ」

興奮ぎみのふみひろは魚の大きさを手でしめし目は大きく見開いた。

「どこに行ったんだろうか？」

僕達が側に寄ると青い光を放つ魚の姿はなかった。

「絶対にいたよ、本当だよ‼」

自信満々に言うふみひろを見て僕達は
きれいな青い光を放つ魚を想像していた。

「そういえば、オレ、ばあちゃんに聞いた事があるよ。

光る魚は縁起がいいと言ってたなぁ」

「縁起がいいって何？」

「人と人とが仲良くなって、縁がめばえるらしいよ」

「へえ～、僕達仲がいいもんなぁ」

「はっはっはー」

「もうひと泳ぎして帰ろうゼ」

四人はカッパのように水に飛び込んだ。

どれほどたったのだろうか…。

僕は思わず、おしりがぬれてるような感じでさわってみる。

前を向くとおじいさんは僕達を見て笑ってた。

「お～い、皆、どこだ⁉」

遠くから二階堂君の声が聞こえた。

おじいさんは、

「仲間がもう一人きたのう」

と言って二階堂君の方をちらりと見てゆっくりと立ち上がった。

「そうそう、君達にこのきれいな紫色のアメを一つずつあげよう」

といって丸く包んだきれいに光ってみえるアメをくれた。

僕はその光って見えるアメをもらい、一旦口をつむんだ。

実に奇妙なアメに見えたからだ。

少しの沈黙の後、僕は言った。

「ありがとう…」

少し頭を下げた。

「それじゃあ…。楽しかったョ、わしはこれで行くよ」

と土を踏みしめ歩き出した。

僕は今、夢を見たような話はなんだったんだろうと森の奥の川がある方を見つめた。

皆も
「何だったんだろう、今の話、本当かな?」と首をかしげてる。

「また僕達だけで見に行くか…、光る魚が本当にいるかどうか…」

「見に行きたいなぁ～。縁起がいい魚らしいゾ」

とその時のことを考えてはどこかで見たことがあるなぁーと感じた。

こういうの一度、夢で見たことがあったような気がする。

僕はブルっと体を震わすと、二階堂君の方をふり向いた。

遠くで聞こえる声に返事をする。

「オーイ、ここにいたのか!!」

といって二階堂君が息をきらし走りよる。

「もう少し早く来れば良かったのに…。面白かったのに…」

と今、いたおじいさんの話をケイがする。

僕は少し先ほどのおじいさんが気になり、下りて行った道を見ると、おじいさんの姿は消えていなくなっていた。

少し不思議に思い皆に声をかけた。

「さっきのおじいさん、消えていないョ…」

「エッー、もしかして、さっきのおじいさんが狸だったりして…？」

「まさかー!?」

と五人でうろたえて顔を見合した。

そしてそそくさとミューのいる所へと戻っていった。

僕はもう一度アメを見た。

僕の右手には先ほどの丸いアメがしっかりとにぎられて手は少しふるえてた。


気の気いた二階堂君がミルクとスポイトを持って来てた。

「まだ生まれて間もないので、スポイトからが飲みやすいと思って…」

二階堂君はスポイトでミルクを吸うと少しずつミューの口へ流し込む。

ミューは少しミルクをコクッと飲んだ。

「よかった、飲んだね、ミュー」

ミューの小さな体をふびんに思いながらも、可愛らしく思う。

僕達のミューも隊員の一員になっていた。

僕らはまた大声で笑い合ったり、小石の的当てをして遊んだ。

虫取りをしたり、木登りをして遊んだ。

一通り遊び終ると、ちょっと一息ついた。

僕は家から持って来た、ミルクコーヒーの入った水筒を出した。

皆に飲んでもらおうとミルクコーヒーを持ってきたのだ。

ちょっと大人になった気分だ。

ミルクコーヒーのほろ苦さ、子供っぽいココアを卒業してコーヒーにしたのだった。

母さんにばれない様、見てないスキに作って持って来たんだ。

横に置いてあったおやつのサンドウィッチもこっそり持って来た。

「お前、コーヒー飲めるのか？」

「そうさ、少しずつ成長してるんだよ」

「成長してるなぁ、僕達は…」

と二階堂君は苦そうにコーヒーを飲みほした。

「ところでお前の所では、おやつにサンドウィッチ作ってくれるのか～」

「いいなぁー、うちのおやつなんか手作りは一切なしだぜ」

「うちもだ、せいぜい年一回ぐらいのクッキーだよ、アハハ…」

「美味そうだな～、このハムサンド…」

「美味いぞ、この卵サンドも…」

一口、口にして皆は〝うまい!!〟と言った。

今度はミルクコーヒーを飲み干すと
「うまい!!」

と言うが1人は
「まずい～」

と苦そうな顔をした。

「やっぱりか～、子供だなぁ～」

「僕は無理です」

と言ってポンとコーヒーを皆に回した。

するとヨッチャンが急に陽気になり、歌を歌い出す。

僕らは急なことで驚いたが、アハッと笑ってしまった。

♬僕らは裏山探検隊♬

今の流行曲にあわせてかえ歌で歌う。

僕もヨッチャンに負けじと声をかける。

「酔っぱらってるのか～、お前」

皆は、酔っぱらってるヨッチャンの口の回りについたミルクコーヒーをながめていた。

ヨッチャンに手拍子をしていた。

するると誰かが、今日学校であった事を言い出した。

「誰かこの基地につれてくるのか？」

「少し早いなぁー」

「もう少し秘密基地を皆に言うのはやめよう」

僕達はこの城をクラスの皆に知られない様にしていた。

「いずれ仲間をふやすが慎重にいこうや!!」

「そうしよう!!」

と皆の意見は一致した。

またヨッチャンは上機嫌に歌を歌っている。

♬僕らは裏山探検隊♬

ミューもその歌に合わせてミューミューと鳴いている。

「おい、ミルクコーヒーにお酒でも入ってたのか⁉」

と言って皆は笑った。

陽気なヨッチャンとミュー。

おかしく思いながらも大いに楽しい。

僕達の心は一つになっていた。


ある日、僕達の基地の少し離れた所で、違う学校の小学生が来て遊んでいた。

その子達も基地みたいなものを造り、悪い事に使い捨てライターを持ってるのを見かけた。

「何してるんだ、あいつら」

「危い事してるゼ」

「山火事になるから絶対ダメだ」

と頭のいい慎重な二階堂君は言った。

「わかった。僕らはライターはやめておこう」

そう言ってミューをダンボールに入れた。

持って来た古いタオルでかくす様にかける。

ミューはモゾモゾと中にもぐり込んでいく。

僕達の横を風が通り過ぎた。

空には雲がかかり、今にも雨が落ちてきそうだった。

今日はこれで解散する事にした。

ミューをそおっと木の元におくと、かくれ家をあとにした。

4．見つかっちゃったョ、秘密基地

次の日、学校で問題になってしまった。

どうやら使い捨てライターが地区のおじさんやおばさん達に見つかり、問い合わせの電話が学校にあり、学校中、大騒ぎになった。

朝の朝礼で全校生徒に校長先生が注意を促した。

「町内の人が言ってました。裏山が火事になる危険性があるような事があったのです。

誰かが使い捨てライターの様な物で遊んでるのを発見したんです。

取り締まってほしいとの事です。この学校の生徒でないと思うが、危険なので裏山で遊ぶのは当分禁止にします。心あたりのある者は、そおっと担任先生と相談して下さい」

僕達五人は、ビックリしてお互い顔を見合わせた。

「やばいぞ、僕達が火遊びをしていると疑われてるかも…」

「それはないョ…。大丈夫だよ。僕らを見つけたわけでもないし…、見つかってないよ…」

「そうだよな」

と1人の子が言った。

「大変な事に、今日も明日も行けないとなると、ミューが死んでしまうよ」

と僕達は真剣な表情になった。

「困った事になった、どうしよう…」

僕達はミューの事を助けたい気持ちでいっぱいだった。


「今日、もう一度だけ裏山に登り、ミューを連れてこようか」

二階堂君が思いたったように言った。

「僕ともう一人…、ヨッチャンにしようか。昼休み時間、一時間もあるからそっとぬけ出そう。そしてミューをふもとまで連れて来るよ」

と言うと皆は目をぱちくりさせる。

「昼休みにぬけ出せるか？」

「三十分もあれば大丈夫だよ。まだ山には先生たち見まわりこないし…」

「今日は水曜日だし、学活が終ってすぐミューの所に行けるゾ」

「まかせとけ!!」

とヨッチャンは何を勘ちがいしたのか、ざっーと階段をかけ下りて行く。

「オイ、オーイ。まだ昼休みじゃないゾ～」

冷静で少し理くつっぽい二階堂君が、階段の手すりから身を乗り出して、笑いながら声をかける。

「そうだったぁ～、ちくしょう」

と口をとがらしながらかけ登ってくる。

「あわて者だなぁ～」

皆に頭をこづかれ、顔を赤くしてニヤリと笑った。

「ミューがいなくなったよ」

二階堂君達が悲愴な面持ちで、慌てて教室に入った来たのは、昼休みが二十分過ぎた頃だった。

「エッー!!??」

皆は思わずビックリして、二人の話を聞いてみた。

ぬけ出した事を、担任の田岡先生に見つかれば、ひどくしかられる。

皆は、慌てて小声で話す。

「どういう事だ!!　二階堂！」

ちらりと回りを見渡しながら聞いた。

「僕らが見に行った時には、ミューはもういなかったんだ。なぁ、ヨッチャン」

と座り込む。

〝うん〟とうなずくヨッチャン。

「あのダンボールのふたをしておけば良かったな」

と佐藤君はくやしそうにした。

「誰かがつれて帰っておけば良かったな…」　僕達があれこれと推理想像してる中、五時間目のチャイムが鳴る。

円陣を組んで話し込んでいる僕達に
「学活をするので席に着こうか」

先生の無情にも聞こえる声がする。

皆はぼんやりと悩みながら、着席した。


終りのチャイムが鳴る。

皆は学活が終るなり、さっさと教室を出た。

僕は一目散に家に帰り、宿題もそこそこに飛び出していく。

「あら、マサキ、どこいくの？」

という母さんに返事をし、あわてて急いだ。

自転車を山のふもとに乗り捨てる様に置くと、いつもの集合場所へと急ぐ。

木と木の間を通りぬけるといつもの場所へと出る。

二階堂君達が座り込んで、ダンボールをのぞきこんでいた。

「あれ！　本当にいない」

と僕はまゆ毛を八の字にしてポツリと言う。

からになったダンボールを見つめてると、

誰かが、

「こうしてる場合じゃないゾ。ミューを捜しに行こう」

「そうしよう、二手に別れて捜そう」

「佐藤君と僕はこっちの道に行こう…。二階堂君とヨッチャン、ケイはそっちの道へ行って探してくれ！」

「わかった！　又、ここでおち会おう」

僕達と逆の道、三人の彼らは少し険しい道へと消えていった。


二階堂君達が、草の根をかきわけて通りぬけると、小さな小川にさしかかってくる。

「皆、足がぬれない様にしろ」

二階堂君は、皆を心配しながら石と石とを渡って行く。

ミューと鳴く声が誰かの耳に聞こえた気がした。

「ミューが近くにいるかもしれないゾ」

三人とも耳をすまし、前方に広がってる夕焼をながめた。

「もうすぐ日が暮れるゾ、あと少し捜してからもどろう」

すると、

「おい、あれを見ろ!!」

ケイのすっとんきょうな声に驚いた他二人は、彼の指さす方向に顔を向ける。

「何だあれは‼」

何か白くて大きな固まりのような物。

「ぎゃ～、人の骨‼」

ケイとヨッチャンの大声が川に木霊する。

この川は支流につながる一本だ。

この川をずっと下って行くとどこにでるのだろうか…。

「どうしよう…。えらい事になったなぁ」

二階堂君は目をしばたたきながら、何度も何度もふり返る。

「怖いなぁ…。警察に連絡しようか…」

「うむっー」

「どうしようか…」

二階堂君の目には、その骨が妙に小さすぎるのと、形が人と違うと判断した。

「あれ……、人の骨じゃないぞ…。狸かなんかの動物だよ、きっと…。よく見てみろ…。狸のおしりの骨だよ」

頭のいい物知りの二階堂君に言われると、二人はもっともだと思った。

「早く行こう、この場から離れて先へ進んで行こう」

二人はだまってうなずくと、二階堂君の後をついて行く。

先へ進んで行く度、間かくが広い飛び石になっていく。

「この道、危ないなー」

頬に当たる風は少し暖かくて、ほとばしる水は冷たかった。

体いっぱいの不安は広がっていても、皆は諦めずにいた。

「少しお腹がすいたなぁ」

とケイが言うと同時にお腹がグーと鳴った。

三人が顔を見合わせると二階堂君が、

「もう、帰ろう」

と言った。

「そうだなぁ、他の二人も心配してるかもしれないな」

三人でいくルートでミューを捜し出す計画は失敗に終った。

(皆のせいでここまで来ちゃったんだ。ミューがこんな所まで来るはずがないのに…。

あの時向こうのグループマサキの方に行くと言えば良かった…。あの時ミューのダンボールのふたをしとけば良かったんだ。

無理にでも家に連れて帰れば良かった…。

ああ、もう少し皆に優しくしとけば良かった。)

これが最善であると信じて疑わなかった事がダメだったんだ。

ヨッチャンは泣きそうになるのを、ぐっと我慢した。

ケイが
「早く引き返すゾぉ」

「今、来た道を帰ろう」

と来た道を三人は無言で引き返して行く。

いつも元気いっぱいのヨッチャンが、しんと静まりかえっていた。

「こっちに来た道が間違いで悪かった…」

謝る様に二階堂君は言った。

「皆が心配してるから早くもどろう」

とケイは一言付け加える様に言った。


僕達、佐藤君と二人は、夕方遅くなっても、帰って来ない三人組が心配になっていた。

二人の手の中にはミューがいた。

「ミューが見つかって良かったけど三人が帰って来ないなぁ…。ミューも弱ってきてるように見えるし、どうしようか…」

ミューの鳴き方もかすかに聞こえるぐらいになってきてる。

「僕達だけじゃもうダメだ。どうしようもないよ」

「田岡先生ならなんとかしてくれるかもしれないぞ」

「まず、ダンボールに入れてふたをしておこう。ミュー、ちょっとしんどいけど待ってろよ」

壊れそうなミューの体を動かさないように、そっと中に置いてふたをする。

「ミュー…」

「ミュー、疲れたか…、ちょっと待っててくれよ」

僕達二人は、ミューに背を向けると、逆の方の学校へと走り出した。

田岡先生の所へ、たよって行く決心をした。

5．ピンチだ‼　小学探検隊

「先生、大変です。友達がなかなか帰って来ないのでどうしよう、先生…」

不安になって口速くしゃべる二人を先生は、少し落ち着かせることにする。

「少し落ち着け…。どうしたのか最初から説明してくれ」

僕は二階堂君達が帰って来ない事、探検ゴッコをして遊んで子ネコを拾った事など説明した。

二階堂君達が、迷子になって山から下りて来ない事も告げた。

「先生、どうしよう…、早く見つけださなきゃ」

先生は慌てて上着を羽織りながら、手に大きな懐中電灯をかかえ持っている。

「教頭先生、すみませんが、三人の子供達が裏山で迷子になってる様なので、捜しに行ってきます」

教頭はびっくりして、

「一人じゃなんだから僕もいこう」

と僕らと先生二人、裏山に急いで向かうことにした。


木々の間から見えかくれする月を見て、二階堂君ら三人は、辺りがすっかり夜になっていくのがわかった。

疲れた足取りはまるで、路頭に迷う捨てネコのようだ。

薄明かりが木の間からチラチラ見えはじめると、三人は思わず安堵した。

「明かりが見えてきた!!」

「下に下りてこれたぞ!!」

三人は足速にかけ降りてく。

「ここに少し急な細い道があるゾ」

三人は一人ずつ下りる事にする。

最初に二階堂君が足を滑らせながら降りると、ある道路に降り立った。

「イテテ…。あれれ、この道、いつも通る道だ!!

おーい！　早く来いョ!!　早く二人とも来いョー!!」

と手を振って合図を送る。

二階堂君の声に二人は反応し、足を取られながらおしりですべり落ちてきた。

「イテテ…。あれ？　この道いつも通る道だ!!」

三人は安心するとともに手を取りあった。


先生と僕達は、迷子になってる三人組を捜そうと、どんどんと山へ入っていく。

「先生!!　僕達の秘密基地にいるかもしれないので先にそこに行きましょう」

少し歩くとうっそうとした木々の間に、家に見たてた基地に着く。

彼らのいる様子はなかった。

「ここにはいないなぁ…。どうしようか…」

僕らは裏山にだまって登って説教されるかと思ったが、二人の先生はそれ以上何も言わなかった。

「今、何時だろう、六時半過ぎか…」

ぽつりと聞き取りにいく呟きをもらす。

突然、田岡先生が、

「おーい！　二階堂！　片桐、幸田！」

先生二人は大きな声で叫ぶ。

「二階堂！　ケイ！　ヨッチャン！」

皆、めいめいに呼び歩きだす。

「これ以上行くと危険だから、そっちの方向ではなさそうだ」

小高い山で大声で叫ぶと見た事のない景色が広がっていた。

それはまるでまっ暗がりの幻界だ。

「今、来た道を帰ろう」

教頭先生の言葉に皆は従う事にした。

先生は小ネコの事を二人に聞く。

「その子ネコは結局見つかったのか？」

先生の声は優しいひびきだった。

「はい、見つかったんです。でも少し弱ってきてて…」

と僕も佐藤君もため息をついて下を向いて歩く。

田岡先生がそんな二人を見つめながら言う。

「悪い事はしてないよ。やっぱり若いっていいよなぁ。僕達先生も、小学生の頃、こういった遊びはよくしたもんだよ。基地ごっこ遊びとか、木登りとかね。今の時代になって少し君達は可哀相だなぁ」

と同情する様に言った。

先生の手はジーンとあたたかかった。

先生は僕の肩に手を置いた。

「先生、ありがとう。今日はごめんなさい」

先生は持っていたハンカチを差し出す。

「疲れただろう、汗が出てるぞ」


四人は必死に懐中電灯で照らしながらすみずみを捜していく。

下から登ってくる声がかすかに聞こえた様な気がした。

「誰か呼んでるゾ」

下からの声に先生達は、思わず反応した。

懐中電灯で照らす明かりの影から三つの影法師が大きくなってくる。

「僕達ここにいるよ！　あれ…、先生達も一緒なの？」

「良かったー‼」

五人と二人の先生は飛び上がる様にかけ寄る。

「皆、無事で良かった。心配かけやがって」

肩をたたき喜び合った。

「そうとわかったら、よし！　下に下りるゾ」

先生が皆に声をかけると
「あっ！　その前にミューを助けに行かなきゃ」
僕は皆にミューがいた報告をした。

「ミュー、ミュー、大丈夫か」

五人と先生達は、ミューの入ってるダンボール箱をのぞいた。

ミューはいつもと違って、ぐったりして、鳴くのもやっとだった。

ミューにミルクを飲ましてあげないと死にそうだ。

あわてて二階堂君はミューを抱き上げ、そばに置いてあったスポイトでミルクを少しずつ飲ませた。

ミルクを上手飲めなくなってきてるミューの鼻からミルクがあふれ出た。

「可哀そうだけど、もう飲む事ができなくなってきてる」

と先生は言った。

昨日まで元気だったのに…。

もう一度少したらす様に飲ませた。

ミューの鼻からミルクが出る。

その出たミルクを見てもうダメだと皆は無言で悟った。

ぐったりとしたミューの体を見て、僕は熱い涙をのどで感じた。

「ミューミュー、元気出せよ」

一人の子がすすり泣くように言った。

「もうだめか…」

ヨッチャンは全身の力がぬけるように言う。

さめざめと泣く皆。

疲れはてたようなミュー。

小さな命が消えていく。

「ミュー死なないで!!」

と僕は言った。

すると、

「大……大丈夫だよ…」

と聞こえた様な気がした。

「え!?…」

「マサキ…くん、大丈夫だよ。今まで育ててくれてありがとう」

「ミュー!!」

「本当にありがとう、マーくん」

「ミュ…」

とかすかに鳴いた。

「大丈夫だ‼　まだ息は少しあるぞ」

「先生！　ミューを助けてあげて‼」

先生はミューを抱えると、自分の車が置いてある学校へと向かった。

教頭先生は、

「田岡先生に任せておけば大丈夫だ、きっと助かるよ。すぐにでも動物病院へ向かってくれるから…」

辺りは冷やりと静まり返って、月が見えていた。

「また先生とだったら一緒に来ような」

「うん」

とうなずくと皆は、機械的に歩き出していた。

五人と教頭先生と約束を交わし、一件ずつ送っていくことになった。

「先生、ありがとう」

皆は山を下りていった。

僕は山を下りた時、ふと、気になり、山の方をふり向いた。

（ミュ…。大丈夫だよね、きっと）

と僕は思った。

同時にミュー、と鳴く声が僕には聞こえた気がした。

6．いざ進め探検隊

「皆、喜べ!!　ミューが助かったゾ!!」

田岡先生が学校の特別室に五人を呼び出していた。

「ミュー、助かったんだぁー、よかった～!!」

僕らは手をたたいて喜んだ。

「先生、早く言って下さいョ」

「悪い、悪い、もう少し早く言えばよかったなぁー。お前達、とりあえず、座りなさい」

ヨッチャンは先生のふりをして
「落ち着いて、落ち着いて」

と皆を笑かした。

僕はそんな皆をよそに、走馬灯のように、考えが浮かんでは消えた。

毎日が手につかず、何もできずにいた。

ミューの事が気になってしかたなかった。

山の生活もなくなり、学校と家、家と塾の往復だけで一日が終っていた。

心ここにあらずという状態のまま、日常生活を送っていた。

そして今日、僕はこの知らせを聞いて、よかった!!　と立ち上がって飛びはねた。

「マサキ、まぁ、座れョ」

落ち着かず、ソワソワしてる僕に、イスを勧めてくれた。

もうこれで心配することはない。

そう思うと胸をなでおろした。

「取りあえず良かった、良かった！」

と先生は皆の肩を一人ずつたたいていく。

「もう少し落ちついてから先生と一緒にミューの入院してる病院に見舞いに行こう‼」

「わかりました。先生、いろいろありがとうございました」

と二階堂君は口角を下げ涙声だった。

二階堂君は口びるをかみながら、

「僕がミューにミルクをあげた時…。ヒクッヒクッ」

と肩を震わせる。

「どうなる事かと思って…。ヒクッ。ミューのあの時の顔が今でも思い出してくる」

先生は二階堂君に近寄り、

「そうだったのか…。大変な思いをしてたんだなぁ…。ミューの生命力が強かったってことだよ。君達の何とかしてあげたいという気持ちが、神様に届いたかもしれないぞ…。

ミュー自身もえらかったなぁー。生きたい、生きたいという心があったんだろう。先生もミューが助かってうれしいよ」

と二階堂君の背中をさすりながらうなずいた。

二階堂君は、そでで涙をぬぐった。

人生、何が起きるかわからない。

窓の外を見ると、いつの間にか降っていた雨がやみ、太陽が雲の間から日が差し込んでいた。

その空の雲は風で流れてた。

僕達の心が少しずつ解けていった。

「先生も皆もありがとう。また、一緒に病院にいきましょう」

「先生、又、お願いします」

僕達は部屋を出て、帰り仕度をするために、軽い足どりで特別室をあとにした。


「助かって良かったな、皆！」

と田岡先生がうれしそうに皆に話をしてから三日たった。

田岡先生と皆とで、ミューの様子を見に行くことになった。

「ここか、ミューが入院してる病院は」

白いドア、そして玄関のかべにはかわいい犬と猫の絵が描かれていた。

先生と僕達五人は、ミューの入院している福本動物病院の前に立っていた。

「ミューはどのような状態かな」

「六人で今日来たけど不安だなぁ」

先生は
「大丈夫だよ、きっと」

とはげましてくれた。

ドアを開けるとすぐ受付けがあった。

冷やりとした待ち合い室に皆が入る。

奥からの犬の元気なワンワンという声が聞こえる。

ミューとは対象的だと思いながら聞いていた。

ミューは元気になっただろうか。

皆も心を痛めて心配していた。

先生は受付の人に不安そうにたずねる。

「八成小学校の田岡ですが、猫のミューの様子はどのようになってますか?」

「少しお待ち下さい。様子を見てきますから…」

看護士さんが奥に入り、間もなく中から先生があらわれた。

先生はやさしい表情で僕達の顔をながめた。

「ミューは少し元気になりましたョ。ミルクも少しずつだが飲むようになってるんだよ」

先生はわかりやすく、ていねいに説明してくれた。

「一つ聞いてもいいですか？」

二階堂君はおそるおそるたずねた。

「何日かたったら退院できますか？」

先生は
「あと二週間したら退院できそうだョ。まだ小さいからそれぐらいかかるんだ。それから、誰かの家で飼ってやってくれないか？」

「はい、わかりました」

二階堂君は大きくうなずくと、

「やったー！　よかった、助かったゼ」

「よかった、エヘヘ…」

皆は安堵した。

「今から病室のミューに会いにいこう」

会いたい、会いたい。

ミューの顔を見たい。

早く会いたい、皆、そういう気持ちだ。

「ミュー、大丈夫か？」

皆が近づいて檻の中のミューを見る。

〝ミュー、ミュー〟と鳴く姿は、基地で飼っていた頃のミューと同じだった。

二週間前、ミューの姿を思い出す。

ミルクコーヒーでよっぱらった様になったヨッチャンの歌声にあわせるように鳴くミュー
「ミューミュー」

と鳴く声を久しぶりに聞いた気がした。

僕は、そっと撫でてみた。

「ミュー僕達だョ」

「ミュー、大丈夫？　早く元気になれ！」

「僕達、隊員だもんな！」

一人ずつ声をかけ終ると、不安だった気持ちも消えうせた。

「また、明日来るからな」

「ゆっくり休め…」

と言って静かに病室を出た。

元気になった僕ら探検隊は、動物病院をあとにした。

帰り道、誰が飼う事にするか話が盛り上がっていた。

「何でだよー。マサキもケイもずるいゾ」

ヨッチャンと僕らは、うれしいけんかをしていた。

ミューを裏山で飼っていたように育てたいのだ。

実際に誰かが家で飼う事となると、家の人を説得するようになる。

結局、僕か二階堂君の家で飼うのがいいかもしれなかった。

二階堂君が飼うと、本を読んで物知りだし、頭もいいし、飼ってくれるんだったら最適人者だ。

毎日でも家にたずねて行くだろう。

今日はとてもいい天気、青天だ。

僕の心も晴れ晴れしていた。

初夏の日差しを背に僕達は、先が見える未来に感謝していた。

どこかで鳴く鳥の声。

かえるのなく声。

ミューのなく声。

楽しみがある事。

皆がいる事。

ミューがいる事。

すべてに感謝したいくらいだ。

僕達は空に向って大声で
「良かった!!」

と声を大にして叫んだ。

夏がきて、秋、冬がきて、
そして暖かい春が来る。

一番大切な事は、信じる事だ。

自分のためだけでなく、皆の事を思い信じる事。

小さな命も命。

「ありがとう」

僕は皆に声をかけた。

ケイは
「えっ!?」

と言ったが、聞き直す事はしなかった。

「おーい！　マサキ、遅いぞ。早く来いョ」

小走りに僕は、皆の中に追いついた。

「今から裏山でも探検に行こうか!!」

「えっー、先生、本当に行くの⁉」

「今度、ミューを連れて皆で、また裏山に行こう。友達っていいもんだよな‼」

「やったぁ‼　僕達、探検隊だ‼」

「ひとりぼっちじゃないぞ。いざ、進め探検隊‼」

先生の声と皆の声が大きくひびいていた。

続編第二弾　～裏山探検隊活動編～

7．二学期

僕の町、いわゆる古都の町。
昔、古くからある大和三山で有名な町。
五月の半ば頃、三つある山の一つに登った。
僕達小学五人組は、山を探検した。
その山の中で見つけた小ネコ。
小ネコを山で飼いながら僕達は探検し続けた。
結局、探検が学校で禁止となっていった。
その小ネコを僕の家で飼う様になった。
小ネコと一緒に過ごした毎日。
飼いだしてからの僕の生活はかわっていった。
今は皆で山に登る事なく、毎日をたんたんと過ごしていた。

僕の名前は黒田マサキ。
皆から〝マサキ〟とか〝マーサ〟とか呼ばれてる。
女子からも〝マサキ〟と呼ばれて少し気をよくして学校生活を送っていた。
その町にある八成小学校。
小学校へと続く両脇にはさくら並木がある。
その道は真っすぐと学校へとつながっている。

夏休みが終わり新学期が始まった。
夏休み中は静かだった学校も、九月に入るとにぎやかな児童の声がひびき渡っていた。
夏休みに旅行へ行ってきた子。
クラブやプールで真っ黒に日焼けした子。
新学期が始まって皆の姿は少しずつだが、成長したようにも思えた。
そしていつもの学校生活がスタートしたのだ。
先生もなぜか日焼けした顔で皆の前に立っていた。

一人、二人、三人…、と先生は確かめるように指さしながら子供達を数えはじめた。
「さぁ、新学期の始まりだ。皆、夏休みの宿題を提出してくれるか…。そうそう、自由研究は後のロッカーの上に並べてくれ…」
「はーい」
僕は自分の作った自由研究を後に並べに行った。
後を見にいくと数々の実験結果などなど…。
虫の標本、海で拾ったであろう貝などきれいにディスプレイされて、置いてあった。
その中に一枚、深い緑色をした海、青い空を描いた絵を見つけた。
目をこらして見たら海岸には小さな女の子が描かれている。
こんな海べで何をしてるんだろうか…。
女の子と海の青緑さに僕は目をこすって、もう一度ながめた。
名前を見るとクラスメートの桜野いく子さんが描いた絵だった。
その絵の女の子はたった一人で海べを歩いていた。
バンバン！
「はい、席にもどって…」
と田岡先生が手をたたいて言ったので、僕らは席にもどった。
不思議とあの絵の事がきになりながらも、彼女の絵の才能のすばらしさに心が動いた。

8．僕とミュー

僕が小ネコを飼いだしてもうはや四か月が過ぎようとしていた。

子ネコの名前はミュー。

ミューミューと鳴くからミューになったんだ。

山で拾った時、あの時はどうなるのかと思った。

干死《ひじ》になりそうだったミュー。

小さいときのミューは病弱だった。

先生や皆の助けもあって、とても元気いっぱいになった。

僕が飼いだしてからのミューはかわった。

ミューはずっーと僕にくっついて悪ふざけをしたり、僕が困るような事を平気でする様になっていった。

長いしっぽをふり、ちょこちょこと走り回る。

ベットの上がやすらぎの場所みたいだ。

ノートや本を広げるとすぐ上にのっかってきては、
広げた本の上にぐったり、まったりしているミューの姿をみて、

「ミュー、僕の勉強のジャマをしてるのか？」

と言うと、シッポをパタパタさせる。

僕がよいしょ、とのけるとよしよしと頭をなでてやる。

目を細めてジイーとしている。

「気持ちよさそう」

ミューは前足をなめたりするのがくせで、とんだり、はねたりするほど元気になっていた。


学校は体育祭をひかえて毎日が忙しい日々だった。

学校から帰るなり僕はランドセルを勢いよく置くと冷蔵庫にある冷たいお茶を一気に飲みほした。

部屋にいくとミューが僕のベットで寝ていた。

朝、見た時と同じ風景だ。

忍び足で近づくと、

「ミューただいま」

と言って頭をそっとなでてやる。

ミューはゆっくりと身をのり出し伸びをした。

ウトウトしていた様だが、どんだけ寝れば気がすむのだろうか。

「ネコって気楽でいいよなぁー」

飼いネコは幸せだなぁーと思った。

居心地がいいんだよなきっと。


僕はミューをつれて一階へ降りていく。

「母さん、今から外へ出かけてくるよ」

ふと庭先の咲くひまわりの花。

黄色だった花が茶色に変わっていた。

〝もう夏も終わりだなぁー〟

とため息をつく。

ぼんやりとながめてるだけで心が少しずれていく。

心の光と陰を感じていた。

夕方になる空を見上げ、ゆっくりと吹く風を頬で感じた。

「マサキ、今からどこに行くの⁉」

そばにいる母さんが声をかけてきた。

「ミューをつれて散歩に行ってくるよ」

母さんは笑いながら、

「ミューをいつもの様にかかえてるだけの散歩でしょう?」

「そうだよ、母さん」

と僕は玄関へ行きクツをはく。

そう……、いつもミューを抱いて外に出て僕が歩くだけである。

いわゆる外見だけの散歩。

「何が見えてるのか…、お前の目から見て…」

僕は不思議そうにミューの顔をのぞきこんだ。

僕はクスクスと笑った。

まんまるな黒いひとみ。

背中の茶色のしま模様。

長いシッポはよく揺れ動いてる。

ざらついた舌で僕の手をなめる。

ミューもそんな僕を見て、ミューと鳴くとうでにしがみついてきた。

そんなミューを大事そうに抱え持つと、夕暮れを背に、いつものコースを歩くことにした。

ミューを胸に抱き、いつもの角のパン屋さんを右に曲がる。

公園に着くと子供達が沢山遊んでいる。

僕がミューを抱えているのに気がつき、近寄って来る。

走り寄ってくる皆、

「わー、かわいいネコ！」

「何て名前なの？」

「ちょっとさわらしてね」

と言ってはミューの頭を撫でた。

こういった事はしょっちゅうおこった。

子供達はさわったり、においをかいだりする。

「甘い香りがするなぁー」

と一人の子が顔を近づけて言う。

「かわいいなぁー」

子供達とミューがたわむれた。

ミューの目にはきっと見るものすべてが敏感になり、新鮮に写るだろう。

動物も人も同じに見えるのだろうか…。


もうこの辺で帰ろうか…。

辺りを見ると散歩してる犬もいた。

公園の中を楽しそうに走り回ったり、ワンワンとないてる。

耳をすませば、鳥達の声も聞こえる。

僕も気分よく鼻歌を歌いながら帰っていく。

そんな毎日が続いていた。

そんなある日。
度々、ミューが家から脱走するようになっていた。
脱走というか、ふらりふらりとするネコの習性なんだろう。
僕は犬のように飼いたかった。
なぜかというと、一人で外に出て、ふっと姿をくらましてしまうネコは大変だ。
ミューは犬のように首輪を付ける事ができないのだ。
大体ご近所に顔を出してる様だし、遠くへふらりと行ってしまう事はないようだ。
それでもなかなか帰って来ない時もある。
「母さーん、ミュー見なかったぁ?」
「見なかったけど…、またどこかへ行ってるみたいね」
母さんはミューの事に関して僕にまかせっきりだ。
そんな時、僕は捜しに出かける。
不安になりながらあちこちとたずね回る。
心配し、ふと考える。
車にぶつかっていないかどうか…。

誰かの家に行っていたずらをしていないかどうか…。
僕は学校に行ってる間中、心配になっていた。
そんなこんなで、ミューの生活はのびのびと毎日が楽しそうだ。
僕の気も知らないで…。
ミューみたいな生活もいいなぁー。
僕も生まれかわるとしたら、飼いネコになるものいいかなぁ…。
と思えるほど、ミューはのびやかに自由奔放な生き方で過ごしていた。

9. 桜野いく子さん

「今日は友達のどこの家に行こうかなぁ…」
と僕は考えた。
僕達五人はとても仲がいい関係が続いてた。
その中の一人とは…、ある時はお兄さんのような存在のしっかり者の二階堂君。
いつも四人は彼にたよってばかりいる。
それから、幼稚園の時からの幼なじみのケイ。

女子から人気がある佐藤君。

佐藤君、彼は人に気をつかい繊細な心の持ち主だ。

見た目も大きな二重の目元がすずしげで、さわやかに髪をかきあげるクセがある。

あと、おっちょこちょいというか、お調子者のヨッチャン。

日に焼けた野球少年だ。

僕、ケイ、ヨッチャンは少年野球チームに所属しているんだ。

少年野球チームはうちの学校では、二チームある。

一つはビーズボーイズ。

もう一つはコンドルズ。

両チームとも、お父さんがコーチとなって教えている。

練習は、土、日の朝から夕方六時ごろまで練習をしていた。


子供も親も夢に向かって、はりきって野球をして楽しんでいる。

野球の名門高校に行き、ゆくゆくは甲子園を目ざしていきたいのだ。

夢のまた夢の話だ。

その夢にむかっていく僕と、その夢にのっかってる親がいた。

とりあえず、僕の所属してるコンドルズは市の中でも一番、二番を競うくらいに強かった。

今日の学校の帰り道、五人は一緒だった。

「桜野いく子さんから貸りたノート、返さなきゃいけなかった!!」

と彼女の家にたずねて行こうと、佐藤君が言い出した。

僕はギクリとした。

桜野いく子さんは、色白の大きな目が特徴的な女の子だ。


家もお金持ちそうで、父さんの仕事は弁護士さんみたいだ。

彼女の家の前を通りかかった事があるが、かなり大きなマンションに住んでいる。

皆は何かしら桜野いく子さんを好いていた。

僕達は桜野いく子さんの家にはりきって行くことにした。


ある学校の帰り道、たまたま彼女に出会った。

僕は急いで横を通り過ぎようとした。

すると元気よく通り過ぎようとしてる僕に声をかけてきた。

「マサキくん、どこ行くの、あわてて…」

「ネコのミューを捜しに行くんだ、今から…」

僕はふり返って答えた。

「いつも大変そうね…。ミューちゃん、いつもどっかに行っちゃうんだ。ちょっと待って…」

と言うといく子さんはかばんからごそごそと何かを取り出した。

「これ何だけど…。ミューちゃんに見せてあげて…」

それはネコの絵が描かれた〝しおり〟だった。

「ありがとう…。でもネコに〝しおり〟はおかしいなぁ…」

「うふ。それもそうね…。でも手作りのしおりなの…。その絵、私がかいたのよ…。

ミューを見た時、かわいかったから…。美術部で書いたの…」

「よく書けてるね」

「そう、よかった。もしよかったら美術部へ一度遊びにいらしてね」

といく子さんはニッコリと笑って言った。

「よかったら、マサキ君が使ってね」

としおりを手渡すと、きびすを返して帰っていった。

僕はうれしそうに心の中で〝やったぁー〟と思いガッツポーズをきめてみた。

帰っていく後姿を見ながら僕は彼女の事が気になった。

もっと知りたいなぁー。

僕はあまり彼女の事を知らない…。

僕達は一度、家に帰りまた学校の前に集合した。

ミューが隊員の一員ということで、つれてくることにした。

佐藤君はノートをかかえ持って彼女のマンションのベルを鳴らす。

「大きくてきれいなマンションだなぁー、きっとお金持ちだよ」

皆は高くそびえ立つマンションにみとれていた。

「ピンポーン」

「はーい、今、開けます」

上から下のインターホンに聞こえると同時に門をあけてくれた。

中へ入って部屋へと通してくれた。

「甘くていい香りがするなぁー」

そこの部屋は甘い香りで包まれていた。

リビングは広くて大きなソファー、おおきなテレビ、オーディオデッキなどきれいに整理され、白が基調となる部屋だった。

「ノートを返しにきたんだけど…」

佐藤君も、初めて入る部屋に緊張してるみたいだ。

僕達五人はソファーに深くこしかけた。

甘い香りが食べたくて、ケイがつばをのみ込んだ。

この香りの正体は何だろう…。

桜野さんが何かを運んで来てくれた。

「あっ…、これって…」

その正体は、卵、バター、ナッツやシリアルなどふんだんに使ったクッキーだった。

「桜野さんが焼いたの？」

「そうなの…。お母さんと二人で作ったのよ。ポイントはホットケーキミックスを使うの。後は、はちみつに砂糖…。

バターをすりつぶしながら砂糖を少しずつ入れて白っぽくなるまでまぜるのよ。その後、とき卵を少しずつ入れてまぜ、ホットケーキミックスを入れてこねるの。

その生地を薄くのばして型をとる。

クマさんや犬など沢山取れたわ…。

そしてオーブンで二十分焼いて出来上がり…。さぁー、どうぞ」

いく子さんは料理本を見ずにペラペラと作り方を言った。

僕は、家でおにぎりを二個も食べてきたにもかかわらず、その香りにさそわれてお腹がぐっーとなった。

僕達は、

「いただきます!!」

と言うと
「遠りょなくどうぞ」

とまだあたたかいクッキーを目の前にいろんな話をしだした。

クマさんの形をしたクッキー…、お月さんをかたどったクッキー…。

形だけではなく、色んな味が楽しめた。

「こんなおいしいクッキーがあるなんて!!」

ってケイは両手に一枚ずつ持って、おいしそうにほおばっている。

「お前、食いしん坊だなぁー、一枚ずつ食えよ!!」

と言って皆で笑った。

クッキーに沢山の種類があるのは知っている。

味は市販のと比べると、ほんのり甘くて、甘さひかえめ…。

僕は一枚ずつ確かめる様に食べた。

「すごくおいしいですね」

と言うと、いく子さんのお母さんは気をよくして言った。

「おいしさの秘訣は二人で楽しくおしゃべりしながら作る事かも…」

と微笑んだ。

「心がこもってる事ですか…」

と二階堂君の問いかけに
「そうかも」

という。

「いつかいく子と一緒に手伝ってもらえるかしら？　僕…」

「ぼくにできるなら…」

と二階堂君は胸を張って答えた。

「よかったわ…。皆もよかったらどうぞ。

それではごゆっくり」

と言ってお母さんはキッチンへともどっていった。

「ところでミューちゃん元気みたいね」

とミューをながめながら聞いてきた。

僕はあわててほうばっていたクッキーを飲み込んでミューを見た。

「元気！　元気！　ミューが入院してる時はどうなるのかと思ったが、結構食欲もあって今では少し太めになってきたョ。ねェー、ミュー。ミューじゃなくて、ミュートン。ミュートン。ミュー豚だ!!

あはは…」

「わかったョ、そのギャグ、ニュートンにかけてるんだろ。おもしろい事いうなぁ…、マサキは…」

「やったね…」

「何がやったねだよー」

ケイに頭をこづかれ、僕は少し赤面してうつむいた。

僕はチラリと彼女を見た。僕達の笑い声につられたのか彼女も笑いながら僕を見ていた。

照れてるとばれないように下をむいた。

すると突然ケイは
「クッキーをダブルで…」

とジョーダンを言った。

「ダブルってなんだョ、二枚と言えョ」

と言って皆で笑った。


ある日、教室での出来事だった。

「黒田くーん」

という声でふり向いた。

「うんもがいるねェー」

と教室の隅にいる女子から小声で聞こえた様な気がする。

一部の女子からはなぜか僕のことをうんもと呼んでいる。

最初は、わからなかったが、僕が女子の前を通ると

「うんも、うんも」

と呼んできた。

僕は幼なじみのトモカちゃんに聞いた。

「なぜ僕の事、女子はうんもっていうんだぁ〜」

「なぜって…。

マサキはけっこうカッコイイヤン。

マサキというアダ名もピッタリだと思うけど…。うんももかわいいわョ」

とトモカちゃんは、クスッと笑い声をもらして、かわいいわョ、という言葉を強調した。

「かわいいかぁ〜。うんもが…。

かわいいじゃなくて僕はカッコイイがいいョ。

でも、何でうんもやねん」

「そうそう、最初はミサちゃんだけが呼んでたんョ。理科でならった黒雲母からそういう事になったんよ。なぜっていうと…」

とそこまでしゃべると、トモカちゃんは急に押しだまってしまった。

トモカちゃんの目は何か言いたげな感じだ。

「言っちゃいかんかなぁ〜」

とか言って教室を出て行ってしまった。

僕は肩すかしにあった様な気がする。
〝理解できないなぁ～〟
釈然としない思いだけが残った。
後で聞いた話だけど、ミサちゃんは僕の事を気に入ってるらしい。
バレンタインのチョコももらったから好かれてるのかもしれん。
結局、僕はミサちゃんにお返しもせずに何も言わずじまい。
うんもと呼ばれても返事をしなくなった。
僕はいく子さんの事を気に入ってたから…。

クッキーを食べて話をしてる僕達にいく子さんが突然、声をかけてきた。
低くしずんだ声だった。
「皆に話があるんだけど…」
その目には悲しみの色が出ていた。
彼女は暗然な顔になる。
「実は…まだ内緒なの…。
今すぐじゃないけど、私、転校することになると思う。皆とあと少しでお別れ…なの」
彼女は自分の手をぎゅっとにぎりしめた。

そして僕はうつむいて聞いてた。
いく子さんの目からハラハラと涙がこぼれ、声をのみこむ様につまらせながら泣く。
「泣いちゃってごめんなさい…」
と彼女は下を向く。
「どうしてもいっちゃうのか?」
いく子さんは〝ウン〟とうなずいた。
「私…、本当は皆と一緒がいいの…。
家を引っ越してしまうのがとても悲しいの…」
皆は無言で聞いていた。
彼女はそばにいるミューを抱いてひざの上にのせて、頭をなでた。
ミューも彼女の顔をながめては何かを察したのか目を細めてる。
「私はこの小学校での事は忘れないわ…。
皆と平和に暮らせて楽しかった。
毎日が平凡で過ごしていたけど、今思えば、それがとても幸せだった様に思える…。
皆の事を思うと悲しくなる…」
と言って彼女は目を伏せた。
部屋の中は、静かな音楽が流れていた。

ゆったりとした曲が僕の耳にかすかに聞こえてくる。

僕は彼女を見つめた。

僕はため息をつく。

つられて皆も深いため息がでる。

「桜野さんも大変だなぁ…。お父さんとお母さんに本当にそう言われたん？」

「うん。もうだめなの…」

「そんな…」

ケイが絶句する。

桜野さんもこの学校で、美術部に入って一生懸命やってきたのに…。

クラスの中でも沢山の仲の良い女子がいて部活の中心でもあるいく子さんが淋しい気持ちを味わっていたなんて…。

家の事情により引越す事になっていたなんて…。

その空気を打ち消すように声をかけたのがヨッチャンだった。

「あのさ。僕も小学二年の時、この町に引っ越して来たんだ。その時はとても淋しくて、僕の心はふさぎこんでいった。

一人ぼっちだった僕に最初は誰も声をかけてこなかった。途中から、二階堂君が声をかけてきてくれ、マサキとも友達になった。

それからの僕は少しずつかわっていった。

そうやって今までやってこれたのもこの皆のおかげだ。

皆がいてくれてよかったという思いが、僕らの気持ちが一つになっていったんだ。

最初の自己紹介の時〝野球を前の学校でやってたんで好きなんです〟と言ったんだ。

そしたらすぐケイに、〝野球、二年から入れるから一緒にしないか〟とさそわれたんよ。

そうだったよな!!　ケイ!!」

ケイはニヤッと笑った。

「そして僕達の楽しみは野球になったんだよな」

「野球―？　やきゅう…なの…皆の楽しみは…」

といく子さんはいった。

「そうだョ、週に二度、土曜日と日曜日の朝から夕方まで練習してるんだ…」

「いいわね、皆、仲良くって…。私のお兄ちゃんも野球やってるのョ」

「エッー、本当⁉」

「私も何回かお母さんにつれられて見に行った事があるの。お兄ちゃんも上手なのよ」

とふっきれた様な笑顔だった。

「あー、皆に言ってよかった!!」

彼女は明るい顔でうなずいた。

「そうだ‼　今度、大きな市の野球大会があるんだ‼　見に来るか⁉」

　とケイは彼女をさそった。

「行くわ…、行ってもいいの？」

「もちろん‼」

　僕が笑う。

「俺、かっとばすぞー‼　場外ホームランだ‼」

「そうそう、このヨッチャン、こいつすごい打つんだぞー。前なんか教室の校舎までボールが飛んで行って窓ガラス割れたんだから…」

「あのあとが大変だったなぁ…」

「ガラス代は保険で仕払ったけど」

　あっはっはっは。

「次の日先生に怒られると思って、朝早くそっーと職員室にいったよ…。でも先生は怒らずに〝よく、がんばってるなぁー〟と言ってくれたんだ。『ボールがこんな所まで届いてすごいじゃないか‼　大ホームランだなぁ。将来、プロ野球選手になれるゾ‼』

　と言ってはげましてくれたんだ。

　僕、涙が出そうなくらいうれしかったヨ」

と泣いてるふりをする。

「お前、本当か⁉　やっちまったぁー‼　とか言って赤い舌をペロッと出してたやんか‼」

「ウソがばれたなぁー‼　あはは…」

それを聞いて彼女は笑った。

今までの話を聞いてた二階堂君がイスから立ち上がると、ふわっと飛び上がった。

彼は皆の手を取った。

「約束しよう‼　僕達友達だ‼」

「うん‼」

「この六人の約束だゾ」

「うん」

「皆、いつまでも友達でいよう」

「わかった‼」

「そしてこの次の大会、優勝するゾ〜‼」

いく子さんの顔も皆もかがやいた。

「僕はホームラン、かっとばすゾ〜」

「優勝できたらいいね。ホームランも期待してるわ」

「お安い御用だ‼」

二階堂君は手を重ね、指揮者の様に両手を振り回すと手を交互に合わせていく。

「いくぞ、おう!!」

と一斉にかけ声をかけた。

キッチンにいたおばさんも皆の方をのぞいてうれしそうにしていた。

ミューも大きな声に驚いて、ソファーの上をかけまわり、慌てて僕の方へかけあがってきた。

僕達は〝これでいいよな!!〟という気持ちがもてた。

「おじゃましました!!、今度、見に来てくれよ」

と言うといく子さんの家をあとにした。

10. 美術室

僕は教室を出ると足早に階段をかけ上がっていった。

途中で二階堂君に出会って
「マサキ、どこに行くのか？」

と言われたが、

「うん、ちょっと…」

とごまかして美術室の方へ向った。

なぜか二階堂君には、いく子さんがいる美術室に用事で行くとは言いたくなかった。

あとあとややこしくなるかもしれんな…。

そんな気持ちがあったからだ。


〝美術室〟、と書いてある前のドアで僕は、そおっと教室の中をのぞいた。

そこには、数人の女子達がいた。
二、三人でペチャクチャおしゃべりをして楽しんでるグループもあれば、一人ずつキャンパスにむかって絵をかいてる人もいた。
いく子さんは、おしゃべりをしてるグループの中にいた。

「あら、マサキ君…」

いく子さんじゃない女子が僕に気づき声をかけてくる。

「どうしたの…。めずらしいお客さんだわ…」

女子が大声で言ったので、いく子さんは僕の方をふり向いた。

あいかわらず、礼儀正しく、ひかえめであった。

「あら、マサキ君…、こんにちは…」

椅子から立ち上がり、僕の方へと近づく。

「よかったら中に入って…。美術部の活動を見に来てくれたんでしょう?」

僕は首を横に振った。

「ちょっと通りかかったから、のぞきに来ただけだよ…」

「そうなの…」

と言って気さくに笑った。

「今、私が書いてる絵、見てくれる?」

とチラッと絵を見ては僕の方をふり返る。

少し体を寄せるように軽く手が僕の腕にふれた。

僕は少し胸がドキッとしたが気づかれないように早口でしゃべった。

「うん、少し見てから帰るよ、よかったら見せて…」

「こっちよ、こっち」

うれしそうないく子さんは、キャンバスの前に立った。

僕も横に立った。

キャンバスには無数の人が描かれていた。

人というより顔だけが下絵となって描かれていた。

「まだ完成じゃないけど、下絵をきれいに書いてから線で書き、色をつけていこうと思って…」

僕はその絵が今からたくさんの人がえがかれるだろうと思った。

「たくさんの人がいるみたいだね」

「えっー、わかった⁉　どんな風に仕上げようかと思ってるのよ」

「いく子さんの思うままに書いたんだろう？　いい絵になりそうやん」

「そう、ありがとう…。でもこの絵が完成するころには…」

と言っておしだまってしまった。

僕はそんないく子さんが絵にうちこんでる姿を想像して尊敬していた。

なんせ一人一人の人間がいきいきと描いてあった。

無数の頭が細かく描かれていたのだ。

いく子さんの日常生活を家におじゃました時から見て、親近感わくし、この絵を見てもすばらしいし、僕は慕うようなまなざしで見た。

「僕も絵が好きなんだ」

と彼女に合わせるように言った。

「そう、マサキ君も好きだと思った」

好きだという言葉に僕は赤ら顔になる。

彼女は、どういう風に仕上げようかなとつぶやいた。

「そう、好きなんだ…。それじゃあ、教室へもどるよ」

と言い残して美術室を出た。

僕は、今、言った事を友達四人に内緒にしておこう。
親密になったことが少しうれしい…、
ただの友達…だよ…、きっと彼女から見て…。
と僕は心の中でつぶやきながらその場をあとにした。

11. 秋の大会

ある日の日曜日。

僕達は小学校のグランドに練習のために、集合した。

いく子さんのおかげというか僕はいつになくはりきっていた。

「さあ、今日も一日練習だ‼」

監督は、大声で僕達に言う。

「おはよう、昨日の試合で二連勝になった。

来週には次の試合がある。

この秋の大会で勝ちたいと皆も思ってると思う。今日から細かく見ていく練習をしよう。

最初に準備体操、次はランニングからいこう」

体をほぐして軽くランニングからはじめる。

声を出していくのは基本になってる僕らだ。

「1、2、3、4…」

コーチのかけ声に僕らは従った。

「キャッチボールから始める。次に基本練習にうつろう」

僕の投げたボールをヨッチャンが受ける。

パシッ、パシッ、といい音をたててキャッチする。

ヨッチャンがちょっと力を入れすぎると僕の頭の上の方にボールが流れる。

僕は、

「ここめがけて投げて!!」

「OK!」

と手をあげる。

ピッチャーのケイの方を見ると、キャッチャーの田中と軽いキャッチボール。

次は監督みずからのノック。

次々と午前中のメニューをこなしていった。


午前の練習が終わって、昼食の時間。

僕達三人はきまって一緒だ。

集まって食べる場所も決まっていた。

おおきな木の下で三人はお弁当を広げた。

「お前、今日は調子がいいなぁー」

「コーチの投げるボールに食いつくように、
バットをふってたな!!」

「コーチからヒットを五本も打てたョ」

とヨッチャンは口にごはんを詰め込んだままはなした。

「そのからあげちょうだい」

と言うと彼は手でつまんだ。

「今日はグランドの端のブランコまで飛ばすことに成功した!!」

「すごいなぁ、お前…」

「ケイもピッチャーでがんばってくれョ…」

ヨッチャンは
「僕が打つからまかせとけ…」

と自分の胸をドンとたたいた。

「そのエビフライ、おいしそうだなぁー」

べとついた手でおもむろに指をさす。

「仕方ないなぁー、そのハンバーグと交換しよう！」

「お前、手で食うなョ、きたねーなー」

「ハイハイ、わかりました～」

青々と茂る大きな木の下で僕達は、大声ではじけるように笑った。

僕達の交した約束は、三人にとって固い約束だった。

そして、気持ち良い状態で午後の練習へ向った。


試合当日の朝、僕はあまり眠れずに迎えた。

母さんは朝早くから起きて弁当を作ってくれた。

僕の好きな、卵焼き、からあげ、おにぎりなど二段弁当だった。

「母さんも父さんも試合の応援に後から行くから気をおちつかせてがんばってね。はい、好きなからあげ弁当よ」

というと僕はテーブルに置いてたからあげを一つつまんで言った。

「僕、今日の試合は負けられないんだ。

決勝戦までやっとこれたもんな。それに相手チームは、前に戦った、イースターズだ。

今度こそ負けないぞ～」

そのチームとは五分五分でやってきてた。

「マサキ、その勢いがあれば大丈夫ョ!!」

母さんの期待を胸にカバンに必要な道具をつめこんだ。

玄関まで送りだした母さんは、僕の肩をポンとたたいた。

元気よく声をかける。

「いってらっしゃい!!」

僕は〝うん〟とうなずくと自転車にまたがる。

いつかこんな日がくるかもしれないと想像していた。

手に汗をにぎる。

自転車をとばして、学校の集合場所へと向った。


十月初めのこの日は、日の光もまだまぶしく、アスファルトの照りつけもあった。

トーナメント戦でせり勝ち上がってきた僕らは、市の大会での決勝戦となっていた。

監督は、皆に集合するように言った。

皆を目の前に、

「今日の決勝に向けて言っておく。

自分自身の勝つという気持ちがあればあるほどいい結果となる。その気持ちに負けてはいけないゾ。

しまって行こう!!
勝利の女神がほほえんでくれるゾ。
それからチームの応援の方もいい雰囲気でいってくれ…。以上」
僕の鼓動は激しくなる。
「さぁ!! 皆、集まれ…」とキャプテンが言った。
皆の緊張感は一気に高まった。
僕達は、円陣を組むと大声でかけ声をかけた。
グランドに響きわたる僕達の声。
「オーウ!!」
会場からはパチパチと拍手がなった。
応援するスタンドを見ると、いく子さんが見に来てくれてた。
僕達の方を真っすぐ見てる彼女の姿が、その場にいるのが見えた。
「いく子さん…」
と僕は口を開いた。
手に持っていたグローブをにぎりしめた。

その日の試合の僕らの攻撃は裏、まず表は守備をかためた。

試合開始の合図だ。

プレーボール!!

僕達も気合いを入れた。

一回の表、相手の攻撃。

先頭打者…サードゴロでワンアウト。

二番打者、四球で一塁に出る。

三番打者も四球で一、二塁だ。

次のバッターの打球はショートにコロがり、二塁をふみ、一塁へ投げ、ダブルプレーでアウト。

スリーアウトでチェンジとなる。

その回の裏は、僕らの攻撃。

なんとかランナーをためるも、おしくも0点となった。

それから、二回、三回四回と相手に運がまわり、ピンチとなった。

一点先手され、四回で二点追加となった。

ちくしょう、負けるもんか…。

僕らはまだ得点なしとなるが白熱した試合となっていた。

いよいよ最終回、相手の攻撃だ。

〝ピッチャーのケイ、がんばってくれ！〟

先頭打者がバッターボックスに入る。

相手は左打で今日の試合でも見せた足が速いヤツだ。

ピッチャーであるケイが大きくふりかぶるとバッターはセーフティーバントの構えをする。

僕らは前進守備。

白球がすいこまれるようにキャッチャーの手元にいく。

バッター、一球見送る。

第二球目…。

バッター軽くふるとボールはサードにころがり、サードゴロ…。

すばやく一塁に送球してワンアウト。

次はケイの投球ミスが続いてフォアボールで一塁進出。

「あっ、走られるゾ…」

ピッチャーの見てないスキに二塁へ盗塁。

〝しまった‼　簡単に盗塁を許してしまった。

三番バッターは意外とあっさりとファーストゴロでツーアウト。

〝よっしゃ‼　ツーアウトだ〟

次の四番バッターは見たことのある選手だ。

何回か戦った事のあるチームだ。

相手に対してもうしぶんない相手だ。

体は大きくてバットをふり回す回転もすばやい。

レフトから見る僕はヤツの体がひとまわり大きくなって見えた。

「ケイ、あと一人だ‼　がんばれ」

ケイの投げたボールが一瞬見えなくなったかと思ったが、キャッチャーの頭上へと高く上がった。

キャッチャーがボールをしっかりとキャッチした。

スリーアウト、チェンジだ‼

僕達はかけ足でベンチにもどっていった。


僕らのチームの最終攻撃は運よく一番打者からだった。

〃一番サード高見君、二番、キャッチャー田中君。

三番センター佐野君、四番、ファースト、ヨッチャンだ。

僕はレフト五番といい順番になっていた。

「裏の攻撃、一番、サード高見君…」

という場内アナウンスとともにバッターボックスへいく。

相手ピッチャーの背の高い投球に少しとまどいサードゴロだ。

ところがファーストのエラーで二塁進出だ。

「やったー!! 相手のミスで二塁だ!!」

「二番、キャッチャー田中君…」

というアナウンス。

僕も皆も大きなかけ声をかける。

「いけるゾ! 打てるゾ!」

〝よっしゃぁ、まかせてくれ〟といわんばかりにバットをかまえる。

彼の目がキラリと光るとバットが空を切る。

バットのシンに当たり、一塁の頭上をボールがこえていく。

ライト前ヒットだ。

「やったぁー」

皆の声、コーチの声が
「はやく、まわれ、まわれ」

ととびかう。

その間に二塁にいた高見君がホームベースをふみ、まず一点をいれた。

〝これで三対一だ〟

「やった!!、一点入れたゾ!!」

ベンチからのメガフォン応援にも熱が入る。

カッカッカッという音が響きわたった。
三番佐野君は、相手ピッチャーの投球ミスでフォアボールで一塁進出。
これでノーアウト一、二塁だ。
「四番、ファースト、幸田君…」
ついにヨッチャンの出番だ!!
ふり返りながらもバッターボックスへ。
ヨッチャンの三番という背番号が大きく見えた。
構えてるヨッチャンは一球見のがし…。
ワンストライク!!
審判の声がグランドにひびく。
きっとヨッチャンのバットならかする自信もあったと思うのだが…。
あせるなヨッチャン…。
第二球目…。
ボールが高く大きくはずれてボール。
キャッチャーはミットをはずして低く低くのサインを出している。
第三球目。
ボール。

ヨッチャンは監督のサインをふり返ってみる。

ゆっくりと見ると監督は視線だけでうなずきかける。

右手を振って〝打て！　打て！〟

のサインだ。

ヨッチャンはこちらを見るとニヤリと笑った。

大きく息を吸い込むとピッチャーへと視線を向ける。

太陽の光を浴びた金色の金属バットが光って見えた。

ふりかぶって投げるピッチャーの球をヨッチャンは体を吸いつけるようにバットをふる。

シンに当ったボールは大きく飛んでいく。

〝ヨッチャンが打った!!〟

レフトの頭上をこえる大ヒットだ!!

一塁を回り二塁ベースをけり、三塁へといく!!

彼は右手を天に拳を突き上げた!!

二点を追加して三対三だ!!

〝やったぁー!!〟

次は僕の番。

観客席からの大きな応援…。

僕は思わずいく子さんのいるスタンドをふり向く。
長い髪が風になびいて、元気に手をたたいている。
僕の目にはいく子さんがはっきり見えた。
〝よっしゃ!!　ここで一つがんばらなきゃ〟
口の中はかわききった様な感触がある。
チームの代表として、ひとり、いや、皆の期待をしょってバッターボックスへ。
僕は苦しい立場に追い込まれる感覚があった。
監督のサインを見ると〝打て！〟のサインだ。
〝ウン〟とうなずくと
〝さぁ、こい〟
追い込まれた気持ちから開放感へと導く感覚…。
一球目は見逃してストライク。
ピッチャーをにらみ返した。
真すぐ投げ込んでくる。
(ちくしょう、追いこまれるもんか!!)
第二球目、またストレートだ。
見た目より早い送球でストライク。

ピッチャーの顔がニヤリと笑った。
(おいこまれたゾ)
第三球目は、バットに軽くあたりチップ。
僕は周囲の反応が、歓声が遠くなる気がした。
僕の前を白球が飛んでくる。
フルスイングしたバットにあたったボールが飛ぶ。
ピッチャーの頭上を越えていくボールを見ながらファーストへと全速力で走る。
ピッチャーのグローブにかすりボールをはじく。
ピッチャーがボールをとりに行く間にヨッチャンがホームベースへとつっこんでいく。
ピッチャーはボールをつかむとホームベースへと送球…。
足が速いか、ボールが速いか…。
一同、静まりかえる。
体を前後に揺らした…。
審判の声。
大きく呼吸をするように。
〝セーフ!!〟
一点追加!!

サヨナラだ‼
三対四で試合終了。
〝勝った、勝ったゾ‼〟
帽子、ヘルメットなど空に向って投げた。
胸を突きだす。
皆で円になり、一番の指サイン。
指を頭上に高くあげ、皆の歓声とともに喜びにひたった。

早速、小学校に帰ると祝勝会が開かれた。
お母さん達が、ハンバーガーとポテト、ジュースを買ってきた。
試合に勝てばいつものお決まりコースなのだ。
僕達はハンバーガー、ポテトを食べ、ジュースで乾杯する。
「乾杯‼、優勝、おめでとう‼」
皆の声がグランド内にひびく。
僕達は、この勝ちの喜びにひたっていた。
監督も皆もはつらつとしている。
監督は皆を集めて話はじめた。

「この優勝は大きな一歩だ。おめでとう。

日ごろの練習の結果が勝ちへと導く事になった。君たちの持ってる力だ!!

応援で一体となってきた君達の心にも感謝する。ありがとう。

さぁ、次の県大会に向けて、明日からもう一度気を引きしめていこう!!」

監督の言葉どおり、僕達の次の目標は県大会出場して勝つこととなった。

今日は、ヨッチャンのヒットが試合をきめた一発だった。

いく子さんとお母さんもこの祝勝会に顔を出してくれた。

「ヨッチャン、すごいわー。私、どこまでも飛んでいくボールが怖かったわ。

だってボールがバットに当たった瞬間、すごい勢いで飛んでいくもんだもん。本当にびっくりした
わー」

いく子さんは満面の笑みで大きな声で言った。

ハンバーガーを半分食べて、僕は立ち上がってジュースを皆についだ。

「もう一度、僕達で乾杯しよう」

ジュースを両手に持ち、皆についでると突然ケイの目から涙がポロポロとこぼれた。

そんなケイを見ながら少しあわてて肩に手をおいた。

がんばった、がんばったと繰り返しつぶやいた。

これほどまでに情熱をそそいで今までやってこれた事に感謝した。

「ケイ、ピッチャー大変だったな。
また次、たのむゼ!!」
僕達は夕暮れを背に走りつづけた思いにひたっていた。

12.　～引っ越し～

学校の門の前に五人が集まった。
今日はいく子さんの引っ越しの日。
とうとうこの日が来た。
「さぁ、皆、集まったな…」
五人は背中を丸めて、自転車を押して、いく子さんのマンションへと行く。
ふと考えた。
このまま時が止まってしまえばいい。
行かなくていいと言ってくれればいいのに…。
行ってほしくなかった。
マンションの前には、大きなトラックが一台あった。

引っ越し業者さん達が、あわただしくマンションに出入りしている。
今日はもう十一月末、
頬にあたる冷たい風が吹いてくる。
僕の気持ちはあの時皆で交わした約束を思っていた。
男女との間の約束はなかった。
僕達はまだ十二才…。
同じ時期に過ごした仲間だ。
枯葉がこがらしに舞い足元にからみつく様だ。
これが夢だったらいいのに…。
中からいく子さんとお母さんが出てくる。
「あら、皆、今日はありがとう」
お母さんは、軽く会釈する。
「とうとう、引っ越す日になっちゃった」
いく子さんは、意外と元気そうな笑顔だった。
皆はそんないく子さんの顔を見て、作り笑いをした。
僕はあせればあせるほど、気持ちが沈んでいくようだった。
その顔を見ながらも

「今までありがとう」

という感謝の言葉をのみこんだ。

いつかは散り散りになっていく。

皆とは、いずれは別れていく日がくるようにも思った。

僕は、いく子さんが言った言葉をもう一度思い出していた。

〝いく子さん、僕達、ずっーと、友達でいよう…。〟

「マサキ、なんだョ。そんな、マジな顔して」

とケイが言った。

「そうだよな、また皆に会いに来てくれ…」

「わかった、また皆の野球の試合見にくるね」

「うん」

次の出会いの約束が僕達には今一番、いいようにも思えた。

「じゃあね、皆、いってきまーす」

五人とも車にかけよって、彼女の声だけがほほえんだように思えた。

なぜか
「いってきまーす」

という言葉を彼女がつかった。

また会える日が近いようにも思えた。

「マサキくん、ありがとう」

と聞こえた。

胸がどきんとした。

名前を呼ばれて大きく〝うん〟とうなずいた。

「ねっ、また会おうね」

と彼女はにっこりと笑った。

そして、僕達は手を振りながら走り出した。

車は真っすぐ走りさり、彼女は窓から手をふっていた。

「あーあ、いっちゃったョ…」

「じゃあね、って行っちゃったな」

と佐藤君はつぶやく。

「マサキ…」

後ろから二階堂君が腕をつかんだ。

「大丈夫か…」

僕は、固く目を閉じて、泣いていた。

吸い込んだ息をもう一度吐き出す。

「ぼく…、ゆっくり帰るから先に帰ってくれ…」

「大丈夫か？…」

一緒に帰ろうゼ。

頬につたう涙をそででぬぐいさる。

もうだいじょうぶ…。

皆がいるから…。

「マサキ…」

といって四人が追いかけてくる。

もうだいじょうぶ…

仲間だから…。

五人はひとつになって歩いていった。

13．メッセージ

次の日の朝～。

僕はポツンとあいた席がいく子さんの席だと思うと、昨日の事がよみがえってきた。

授業が始まるチャイムがなると同時に皆は席についた。
先生が教室に入ってきた。
その時、先生は大きなキャンバスのようなものをかかえ持ってきた。
「先生、それ何ですか⁉」
誰かの問いかけに
「うん…、これはな…」
とだけ答えた。
そして皆に見えるように黒板を背に絵のキャンバスを置いた。
そのキャンバスには無数の顔、人が描かれていた。
クラス全員の顔がえがかれていた。
それを見ると僕は思わず「あっ」と言った。
クラスの皆のそれぞれの姿。
僕ら三人は野球をしてる姿だ。
卓球、バトミントンをやってるクラスの女の子…。
一人一人いきいきと描かれていた。
「近くで見てもいいぞ…。桜野君が描いた絵だ」
皆、席を立って前にいく。

僕は
（あっ…、あの時美術室でえがいていた絵だ）

僕は心の中でさけんだ!!

あの時の美術室を思い出す。

「どうゆう風にしあげようかな…。きっとマサキ君も気に入ってもらえると思う…」

といく子さんは言ってた。

「たくさんの人達…。私にとって一人一人大切な人なの…」

いく子さんの絵を目の前にして僕はあの時のことを思い出して、過去と現実をいったりきたりしていた。

過去の自分と今、そして未来の僕とつながってる。

そんな絵にも見えた。

過去にいたいく子さん。

絵の中の未来のいく子さん。

一歩一歩、歩んでる僕達がいた。

「皆で桜野さんに手紙でも書こう」

と一人が提案した。

僕も皆もいく子さんへの手紙を書くことに賛成した。

結局、一人ずつ手紙を書き、まとめて送ることになった。

僕は、〝すばらしい絵をありがとう〟と書くだろう。

一心不乱でかいてくれた絵をながめては、いく子さんの優しい気持ちが伝わってくるようだ。

僕には絵を見る目がなくても、いく子さんの絵だけはわかるような気がする。

彼女にもう一度あったら言うだろうか。

「明日という自由な未来にかけていけ…」

いく子さんのきどらない笑顔がそこにあると思う。

第三弾　～ひとりじゃないよ、裏山探検隊編～

14．クリスマスイベント

僕は朝、目が覚めた。
そろそろ目を覚まさなければとわかっていたけど、布団からぬけ出せずにいた。
元気よく、起きるのには少し時間がかかる。
今は十二月半ば過ぎ…。
寒さに弱いのか、布団のあたたかさに身をおいてる方がよかった。
もう一ぴき、僕の布団で丸くなって寝ているネコのミューがいた。
この子も寒さが苦手なようだ。
ミューを飼いだしてから僕の生活もかわっていった。
この近くの裏山で迷子になっていたミュー。
干死《ひじ》になりそうなので僕ら友達、五人で裏山で飼おうとしていた。
その裏山でもなかなか飼うことが出来ず、僕が飼うことになっていった。
僕の名前は黒田マサキ。

皆からマサキとかマーサとか呼ばれている。
その他の四人とは…。
しっかり者の二階堂君。
クラスの学級委員長でもある。
もう一人は、お調子者のヨッチャン…。
野球少年であり、野球ではこの学校で右にでるものはいなかった。
さて、片桐ケイは、昔から、そう幼稚園の頃からの幼なじみ。
佐藤君は端正な顔立ちで、女子に人気があった。
この四人と僕は仲が良かった。
そう、僕をいれていつも五人で行動することが多かった。

二学期もいろいろあったが、なんとか十二月半ばまでやってきた。
小学校生活、残すところあと、三か月しかない。
その最後の二学期のイベント…。
そう、クリスマスの何日か前にはなるけどクラスでおたのしみ会をすることになった。
クリスマスおたのしみ会を、六年生の教室でやることになっていった。
家からの持ち物としては、プレゼントを一つ用意することになる。

金額も決められており、百五十円までだった。

僕は、父さんを誘って駄菓子屋、兼、雑貨屋に足をはこんだ。

その店に入ると目にとまったのは、十円、二十円の駄菓子だった。

父さんの昔の話だと、面白そうな駄菓子が並んでいたそうだ。

十円ぐらいのせんべいが入った入れ物。

糸がついてるアメ…。

串にささってる甘いカステラのような物…。

父さんがよく小さい時に買ったのは、するめイカだそうだ。

スッパイ味の物もあれば、甘からい物もあった。

小さい頃の父さんは小学校から帰ってきて、母さんから三十円ぐらいもらって、小学校の前にある店に急いで買いにはしる。

中に入ると子供達のたまり場になっていた。

「おじさん、そのせんべいちょうだい、ハイ、十円…」

「じゃあ、この中から一枚取ってくれ…」

と言い、せんべいのはいった透明なプラスチックの入れ物をさし出す。

「おじさん、一枚取るね」

と素手で一枚、せんべいをもらう。

「おじさん、僕にはアメをくれ…」

と違う子が言いながら糸の付いたアメを引く。

「このオレンジのアメが当たったゾ…」

「お前は今日はついてるな!!」

「ハハハ…」

そんな光景が、父さんの目にうかんだ。

「今の時代、皆、個包装になってるのがあたり前だな…」

「そうみたいだね…。僕、このアメとチョコレートがほしいな…」

と目に止まったお菓子を指さす。

「お前、今日はクリスマスプレゼント買いにきたんだろ?」

「そうだった!!　でも父さんも食べたいだろう?　このチョコ」

と楽しげに言った。

父さんがにっこりと笑うと
「わかった、わかった、それじゃあ先にプレゼントを選んでからにしよう」

と父さんは肩をたたいた。

父さんも昔の駄菓子をなつかしそうに見ていた。

その横で僕は何にしようかと迷った。

ポケモンのカードでもよかったし、他のカードでも面白そうな物があった。

(でも、女子もいるしな…。)

あれこれと悩んでいると、父さんがある提案をした。

「なぁ、マサキ…、プレゼントもらってうれしいものがいいよな…。自分がもらってうれしい物を決めたらどうか…、それにおもちゃよりも実用的な物がいいぞ…」

「実用的って⁉」

「そうだなぁ…。学校で使う物とか…、必要な物とか…」

僕は父さんのアドバイスを聞いておこう。

「そしたら、ノート、鉛筆、下じき、消しゴムから選ぶことにした。

僕は、ノート、文房具だなぁ、わかったよ、父さん」

ノートを見ると、大学ノートか国語ノート、算数ノートなどがある。

鉛筆と下じきも今の流行のキャラクターがえがかれていた。

ふと目に止まる。

あまりの消しゴムの多さに少し驚いた。

(なんじゃコレ…。)

僕は今どきこんなにたくさんの消しゴムがあるのが楽しくなってきた。

食べ物、ハンバーガー、目玉やき、チョコレート、など、動物でいえば、パンダやトラ、ウサギなどなど…。
他にもカラフルないろんな形をした消しゴムが並んでいた。
手に取ると、二～三センチぐらいの立体的な消しゴムだ。
不思議だけど僕は少し魅力を感じた。
父さんも手に取ると楽しそうな顔でながめていた。
僕は、まず食べ物から一つ、動物から一つ、乗り物から一つずつ選んだ。
色はカラフルな色を選んだ。
三つで九十円、あと残りは六十円なので鉛筆一本をチョイスした。
「おじさん、クリスマスプレゼントにしたいので、それ用の袋に入れて下さい」
と僕は頼んだ。
父さんが横から
「クリスマス用のラッピングでお願いします」
と頼んでくれた。
あと、家に帰ってから食べるであろう、チョコを三つ買ってもらった。
さっそく家に帰ると、クリスマスのプレゼントが気になる。
「開けて見て確認したいな」
僕はもう一度見たかったが、それをがまんしてランドセルに入れた。

二十三日、一時間目からクリスマス会をひらくことになっていた。

うれしそうにプレゼントをながめてる子もいた。

「オイ、ケイ、お前のプレゼントは何だ⁉」

「オレのか？　内緒にしておくよ」

へへへ…、とケイはプレゼントの袋を目の前ですかすように見せる。

「全然見えないなぁー、おしえろよ」

「ガキっぽいことするなよ」

と二人でいがみ合っていた。

そうこうしてると担任の先生がやってきた。

「おはよう…、今日の一時間目からクリスマスおたのしみ会を開くことになってる。

一応、二時間目ぐらいまでやろうと思うのだが…。

少し飾りつけでもしようか‼」

というと先生はおもむろに箱を開けると色紙で造った輪がつながった物と国旗がつながった長い飾りつけが出てきた。

「さぁ、皆、手伝ってくれ…」

と言うと飾りつけの端っこを持つように指示する。

先生と僕らはクリスマスの飾りつけ、交換用のプレゼントを一つにかためた。

机を後方に移動させて、イスだけを持って丸い円をえがいた。

「さぁ、さっそくクリスマスパーティーのはじまりだ」

教室の前に学級委員長の二階堂君が出て
「今からクリスマスパーティーを開きます」

と言った。

「最初のゲームはフルーツバスケットをします!!」

皆は丸くかたどったイスにこしかけた。


フルーツバスケットが終るとグループに分かれた。

ここ何日間、練習してきた事をひろうした。

お笑いのまね、ものまねの発表をしていった。

次に犯人当てゲームをした。

三人が前に出て、皆をだますゲームだ。

犯人あてゲームでは僕が犯人になっていた。

皆を次々にだまさなきゃだめだったが、二階堂君にすぐ犯人と指てきされ、ばれてしまった。

二階堂君は、

「マサキの顔がおもしろかった!!　だって鼻の穴がふくらんでたからすぐわかったョ」

と言うと皆、お腹をかかえて笑った。

僕も思わず、プッとふき出した。

僕らのクラスには笑い声が響いていた。

「さぁ、さぁ、パーティーもそろそろかきょうになってきたゾ」

と先生はクリスマスプレゼントを指さした。

「このプレゼント、どうやって配るのですか？」

と並木さんは先生に聞く。

「そう、このプレゼントを音楽に合わせて、回していこうと思う。皆、丸くなって座ってるので横へ横へと流していってくれ…」

と言ったところで二階堂君が両手に番号をついた紙を出してきた。

「プレゼントを回すのではなく、紙を回します。プレゼントに番号をつけますので、その番号が当たれば、プレゼント番号と交換します」

「よっ、いい事、考えてくれたな」

先生はうれしそうに笑った。

1番から33番までつけられたプレゼントとは別に紙に書かれた番号を次々に手に持つと音楽が流れ出した。

僕は横目でどのプレゼントが一番でかいか目ざとく確認していた。

（やはり、あの9番が一番でかいなぁー。なんだろうか…。）

音楽がかかってる間は、手を止めることなく番号札をとなりへと渡していく。

先生が
「ストップ」

という声とともに音楽が止まった。

僕は手を慌てて見ると番号札が15だった。

前方のヨッチャンはうれしそうな声をあげた。

「9番だったぁー、やったぁー!!　あのでかいのがゲットできたゾ」

と喜んでいる。

（あいついいなぁー、一番いいプレゼント、引いたな…）

するともう一人の女の子下田さんが
「私も9番、引いたわ」

という声が聞こえてきた。

ヨッチャンも
「そんなはずないョー」

と言いながらもう一度自分の札に目をやる。

委員長の二階堂君もあわててヨッチャンと下田さんのもとにいく。

「あれ⁉　僕の9番じゃなくて6か…」

「私が9ね…」

ヨッチャンの6を逆さに見て9に見てたみたいだった。

「仕方ないな…」

「それではプレゼントの方へと移動して下さい」

僕は15と書かれた番号のプレゼントを手にとった。

中をあけてもいいということなので、すぐにあけた。

どうやら手作りの作品だった。

プリンカップにきれいな、宝石のようなものがたくさんついていた。

赤や緑のかがやく宝石がつけられていた。

（宝石ではなくガラス石だけど…）

それは見た目にもきれいなカップだった。

「なんだこれわー」

という声でヨッチャンの方を見るとカードだけが送られていた。

〝クリスマス、おめでとう〟

〝楽しい時間を送って下さい〟

と書かれており一枚のカードが入っていた。

「おれ、9の方がよかったなぁー」

と手を顔にあてた。

9のくじを当てた下田さんは、きれいな手作りのマフラーが入っていた。

白いマフラーだった。

「まぁ、白くてきれい」

彼女は手にとってうれしそうにした。

僕のプレゼントは誰に当たったのか確認するひまがなかったまま、クリスマス会は終った。

その日の給食は、フライドチキンとケーキが出た。

給食に満足し、今日一日に感謝した。


学校の帰り道は、いつもの五人と帰っていった。

明日は終業式だ。

二学期も終り、お正月をむかえて三学期となる。

家につくとからあげとケーキがまっていた。

15．オーストラリア旅行

ある日の事だった。

父さんがうれしいニュースをもってきてくれた。

帰ってくるやいなや、玄関をあけて、大きな声で皆に話かける。

「おい！　皆、いい話があるゾ」

父さんの顔を見ると、平和すぎるぐらい平和な顔で、どちらかというと、校長先生が皆の前で、おもしろく話をしてる朝礼みたいなもの言いだった。

「君たちは今まで、日本という国を出たことがないだろう？

すばらしい国があるんだよ。今から話するからよく聞いておくんだよ。

オホン!!

ぜひ一度、つれていってあげたい所がある。

なぁ、ナコ、オーストラリアに行ってコアラに会ってみたくないか？」

と妹のナコの頭をテンテンとたたきながら言った。

ナコは不思議そうに
「コアラって何？」

と小首をかしげる。

僕と母さんは顔を見合わせると何度も目をしばたたいた。

父さんの言葉を理解したのか、母さんがキッチンからあわてて手をふきふき出てくると父さんの側にかけよる。

「オーストラリア旅行にいくの⁉ わー！ 信じられないわ‼

こんなステキな話があるかしら…」

と言い、僕とナコをよそに、母さんは父さんの腕にうれしそうにしがみついた。

僕達二人は、そんな母さん達を見て、照れくさかった。

仲がいいのはいい事だけど、見て見ぬふりをする。

母さんはさっそく
「何を着て行こうかしら…。向こうに着いたら夏かしら…。

そうそう、パスポートも取りに行かなくてわ…」

と一人はしゃぎうれしそうだ。

食卓を囲んで夕食が始まる時にはもう、四人ともオーストラリアの地へ行く気満々となっていた。

一つ気がかりな事は、ミューを置いて行かなくてはいけない事だった。

一緒につれていくとなると、飛行機にのせての長旅はきっとミューにとって、こわくてたまらんだろう。

「ミュー、ごめんな…。一人ぼっちになってしまうけど…。おばあちゃん家に行ってゆっくりしてろよ…」

といって頭をなでてやる。

のどをゴロゴロいわせて細い目をした。

ミューとはなれて少し淋しくなるなぁー。

何も知らないミューはゆっくりとのびをした。

それからの僕達は、パスポートを取りに行き、旅行バックを手に入れ、夏服もそろえだした。

次の日、仲間の四人にもこの旅行の話をする。

皆は口をそろえて、いいなぁーと言った。

そして大みそかから元旦にかけて一緒に過ごした。

元旦の朝には五人で初日の出を拝みにいった。

ハッピーニューイヤーと叫んだ朝から一日たって、オーストラリアの地へ飛んだ。

仲間の四人は見送りにまではいかずとも、お土産を買ってくると約束をした。

「気をつけて行ってこいョ!!」

「コアラにでも会ってこいョ!!」

と軽く手をふり見送った。

一月二日、オーストラリアへ飛んだ。

家族四人で日本を出たのは初めてだった。

この海外旅行はとてもすばらしくなった。
テンションがあがり、解放感を同時に覚えた。

飛行機内の感じは、寒くも暑くもなかった。
着ていたダウンジャケットをぬぎさり、長そでだけを着ていた。
オーストラリアに着いた時、多分暑く感じるだろう。
現地の季節は夏、だいたい日本の七月ごろと同じだ。
じんわりと汗をかく、夏本番になっていた。
「わっー、きれいな海にきれいな町並!!」
機内の窓から見てる母さんの声。
僕も思わず外を見る。
「おい、おい、まだとばすには早いゾ〜」
と言いつつ父さんも窓の外を眺めた。
会社と自宅を往復する毎日を過ごしてる父
今は無邪気な子供の顔だった。
父にとってのこの旅は有意義になるだろう。
しかし、八時間の長旅は足と腰にきていた。

これがエコノミークラス症候群というのだろう。

パンパンになった足をさすりながら、飛行機の着陸を待つ。

隣にいるナコは、飛行機が少し怖いみたいだ。

僕はそう思わないタイプだけど、怖がってるナコを見て笑った。

「お兄ちゃん、平気なの？」

といって僕の手をにぎってくる。

「オーストラリア上空に入りました。着席の上、シートベルトをおしめ下さい」

という客室乗務員のアナウンスが聞こえてきた。

ポンという音がして、シートベルトをしめた。


「少しも怖くないの？　お兄ちゃん…」

「大丈夫だよ。もうすぐ着陸だ」

と言うと妹は僕の手をにぎりしめる。

かわいい妹の手をにぎり返してあげた。

妹の顔をのぞき込むと、目をつぶり怖がっていた。

僕は少しわくわくしながら窓の外を見る。

飛行機は滑走路にタイヤをおろした。

少しガクッとなったが無事みたいだ。
着陸すると機内から
『ふぅー』、『はぁー』
という安堵の声がもれた。
僕もひと安心して『ふうー』と言った。
機内アナウンスの機長さんの声が聞こえてきた。
「長い旅、搭乗していただきありがとうございました」
僕はこの機長さん、山内さんに任せて良かったと思う。
感謝します。
「ありがとう」
と僕も心から礼をのべてタラップを降りていった。

流れるコンベアーで荷物を待っていた。

「ママ、おなかすいた」

とナコが先ほどからうるさい。

さっきまで泣きべそかいてたのに…。

「ちょっと待っててね、はい」

とアメを一つ渡す。

ナコはおいしそうにアメを口に放りこむ。

ちょっとはおとなしくなったなぁ…。

さて僕達は手荷物を持って外に出ると、添乗員さんがまっていた。

手にもつ紙には、〝黒田様〟と書かれていた。

白いシャツにパンツルック。

髪の毛を一つに結び、はつらつとした女の人が立っている。

「こっちでーす」

日本人の彼女は、大きく手をふり、迎えてくれる。

「おはようございます。私、南と申します。今日から四日間、お世話になります」

「わぁ、ありがとうございます」

僕達は礼をした。

すると彼女のバックについた銀色と緑色に光る石をナコが見つけた。

「わー、きれいな石！」

と寄っていくと彼女は手の平にのせ、光る石を見せてくれた。

「オパールっていうの…。幸運の石よ」

ナコは光る石にうっとりしていた。

僕達は近くのトイレでさっぱりと半そでに着がえて、名物のコアラを見に行く事になった。

彼女の車に乗り込み、スピードを出して、流れるように動物園についた。

「じゃぁ、タヌキを見にいこう」

僕はふざけていった。

父さんは、

「タヌキの歌でもうたってやろうか」

と言ったので母さんは
「やめてね…」

と笑った。

僕達は彼女に
「ありがとう」

とつげ動物園の中に入ってく。

中に入ると飼育員さんがユーカリの葉をコアラにあげていた。

「わぁー、すごい！　すごいやんか!!」

と関西弁まる出しの言葉を言い、周りの外人さん達が僕に注目した。

「やべ…、ここ、日本じゃなかった」

（日本にいるあいつら四人と会話してるつもりになった。

お調子者のヨッチャンは寝正月といってたし、ケイは田舎に帰るといってたし…。

あとの二人、二階堂君と佐藤君は聞くの忘れたなぁー。)

「さぁ、一度、抱っこされますか?」

南さんが通訳してくれた。

僕は一頭のオスのコアラを胸に抱いた。

長いツメをTシャツにひっかける様に抱きついてくる。

(うっ、少し痛いなぁ…、それに少しくさいなぁ…。)

何の匂いかわからんけど…。

ナコはそのくささをよそに抱っこしてニッコリと写真を撮っている。

(あいつの鼻はくさくないのだろうか…。

よくニッコリできるよな。)

「はい、チーズ」

か、ポーズかわからんけど、僕も写真を撮られた。

「表で写真が出来上がるのを待ってて下さい」

という事なので、コアラを返した。

「意外とくさいのは、ユーカリの葉を食べてるともいわれてるから」

という説明に納得した。

なんだ、こいつら。

あのでかい黒い鼻、変なにおい、日本で、〝コアラのマーチ〟などと可愛らしいキャラクターとは、程遠かった。

「ナコ、かわいくとれてるわ…。兄ちゃん何変顔して…」

くささで顔がしぶった感じで写りこんでいた。

「兄ちゃん、変顔してる」

とナコはクスクスと笑った。

「いい兄さんに見えると言えよ」

と言って軽く頭をたたいた。

「さぁ、私は外で一時間ほど待ってます。他の動物達も見てきて下さい」

と南さんは笑顔で立ち去った。

「腹減ったなぁー。父さんペコペコだ。あのでかいホットドックでも食べよう」

早速、母さんが三十センチもあるウインナーがはさまってるのを四つ買ってきた。

「私もビックリ、まるでヘビみたい」

一口食べるとお腹もすいてる事もあって、おいしかった。

めずらしい鳥が近づいてきて、ウインナーを食べたそうだ。

人間に慣れた感じで、お腹もすいてそうだった。

少しあげるとガバガバ食べてついてくる。

ナコはキャー、キャー、と言い逃げ回った。

「ナコ！　逃げるからついて来るんだゾ」

妹のそんな姿を見て、腹をかかえて笑った。

「大丈夫だよ、さぁ、おいで…」

と僕達四人はそのめずらしい鳥から逃げるように去っていった。


一時間ほどで外にいる南さんと合流した。

「さっそく、ホテルに行きましょう」

昼と同じ車で移動した。

車の窓の外を見ながらきれいな町並と思う。

南さんが案内してくれたホテルは、海から少し遠い場所だった。

「さぁ、ホテルに着きましたよ、チェックインしましょう」

と南さんは入っていく。

ホテルの外観を見上げると、豪華だった。

父さんの後を皆はついて入る。

入ったホテルは大理石ばりの天上の高い、きれいなホテルだった。

ロビーも広すぎて、置かれているソファも小さく見えた。

「わー、広くてきれい‼」

母さんも思わず口にする。

僕はロビーを見て体育館ぐらいの広さに感じた。

かすかにバラの香りがする。

さっそく父さんと南さんが、カウンターに行きチェックインしている。

母さんも僕達もゆったりしたソファーにこしかけて、待つことにした。

「ミュー、今頃どうしてるかなぁ?、つれてきたかったけど…。ネコは無理だね」

「今ごろおばあちゃんがかわいがってくれてるョ。そう言えば現地時間が三時だから、日本時間では二時頃だよ、きっと…」

「あら、よく勉強してるのね。今、日本にいたら、きっとおもちでも食べて寝てるわね。

オーストラリアに来て、ラッキーな年だわ」

と母さんは父さんの方へうれしそうに手を合わせた。

「ありがとう、感謝します…」

母さんはいつになくうれしそうだった。

僕は思わず回りを見て顔に手をおいた。

太陽光が窓から差し込み、まぶしいくらいの熱気を感じた。

このホテルからは海は見えないが、ゆったりとして高級感ただよってた。僕はこの四日間が楽しみだ。

父さんが部屋の鍵を持ってやってきた。

「三階の三〇一〇号だぞ。プールもあるらしいからまた泳ぎに行こう。上へいこう」

南さんとは今日はここまで…。

また明日の約束をして、さよなら…と帰っていった。

それからの僕達は夜のディナーへ。

それはシーフードが盛り沢山だった。

特に気に入ったのが、ロブスターだ。

「大きなザリガニだ!!」

と父さんが言ったので、僕の小さい時よくお父さんとザリガニ釣りをして遊んでいたのを思い出した。

これから食べようとしてるのに父さんは、面白い事いうよなぁーと思いながらもおいしかった。

次の日はマジックショーを見にいったり、昼間は海で泳ぎ、夜はトランプをして遊んだ。

あっという間の四日間が過ぎ、日本へ帰国する日がきた。

免税店であいつらにお土産を買って行こう。

ワクワクしながらもまだ決めてなかった。

母さんは、数十万もするオパールを買ってもらって上機嫌だ。

「オパールの石を見る目ができたわ!!」

と母さんはうれしそうだ。

結局、かげり一つないきれいなオパールを見つける事ができ、大事そうにカバンの一番下に入れてある。

ペンダントのオパールを見ては、

「これをつけて出かける所があるかしら…。

数十万もするペンダント、落としたら困るわ」

と買ってもつけていく所がないオパールだった。

僕は普段から母さんのやる事がおっちょこちょいで困っていた。

ある日のことだ。

母さんと妹のナコ、僕、三人で母さんの知り合いの家をたずねた。

少し緊張ぎみに話しながらも楽しい時間が過ぎた。

そして、お昼前に帰ることにした。

ミナさんと名のる彼女は玄関先で言った。

「もうすぐお昼なので、家で昼御飯を召し上がって行きませんか？」

母さんは遠慮して
「大丈夫ですよ、お腹はすいてませんョ」

と言うと、

「まあ、そうでしたか…。それではまたいらして下さいね」

とミナさんは深く礼をした。

母さんも僕らも礼をした。

その時、お母さんのお腹が
グルグル～

と沈黙の中鳴った。

僕も母さんも顔を見合わせてニマリ…。

汗もタラリ…。

「あらまぁ、お腹すいてらっしゃるのね」

とミナさんは気はずかしそうにほほえんでた。

母さんは、はずかしそうにお腹に手を当てた。

僕も思わず口に手を当てる。

四人は声を出さずに笑った。

「大丈夫ですョ、人間だれだってお腹はすくものョ。さぁ、もう一度中に入って下さい」

ミナさんがそう言うと、中に入って下さいの仕草をして立ってる。

「黒田さん、遠慮なくどうぞ」

母さんと僕達はもう一度くつをていねいに脱ぎ、玄関の脇に置いた。

「おじゃまします…。結局おじゃまするることになってすみません」

私達三人は、ていねいに御辞儀をして中に入っていった。

「さぁ、どうぞ」

先ほどの部屋にもう一度、通された。

私達の目の前には、寿司のおけが三つ並んだ。

「遠慮なくどうぞ」

母さんも少しはずかしそうに、側にある汁物のおわんを持った。


「やっぱりお土産は、マカデミアンナッツかな～？」

父さんも会社に持っていくらしいお土産を買っていた。

僕は、友達にきれいで丈夫なキーホルダーにする事にした。

Tシャツも五人おそろいのを買ってみた。

マカデミアンナッツも五つ買いそろえた。

僕の小遣いも底をついた。

海外で気をよくして、一万八千円も使ってしまった。

あいつら喜んでくれるといいなぁ。

「こんなに買ってどうするの!!」

と十万円以上もするオパールを買ってる母さんに怒られる。

「別にいいやんか～」

と口を尖らせた。


帰りの飛行機で僕は、オーストラリアの青い空、広い海の景色を見ながら、さよならをした。

機内食を食べると、八時間のフライトなので寝てしまった。

無事着いた僕達は、帰りの電車に乗る。

一月でまだまだ寒い日本だけど、機内から下りた僕達は、クーラーのかかった部屋にいるみたいで、僕だけ半そでのままだった。

電車の道ゆく人達は、少し変な目で見てた。

体がまだ夏のような感覚だったからだ。

僕はまだ、オーストラリアの地にいた。

輝く海の中にいた。

居心地のいいあの場所にいた。

僕は電車にゆられて、帰路についたのだ。


「兄ちゃん、すごい量ね」

「そうだなぁ、ちょっと買いすぎた…」

家に着くと、さっそく買ってきたお土産を広げて確かめる。

母さんは夕食の準備に取りかかる事なく、

「疲れたわー」

を連発していた。

「誰かおばあちゃん家へ行って、お土産を持って行って…。それとミューをつれてきて!! お願い！」

とペロッと下を出し僕にあごで指示した。

「ありがとう、たのむわ…」

「エッー、いやだよ、僕も友達関係が忙しいの!!」

と両手をふる。

「仕方ないなぁー」

と父さんがしぶしぶ行くこととなった。

僕は早速、皆に電話して明日会うことにした。

オーストラリアの話とお土産を渡したのだった。

16．僕と皆

一月八日に新学期が始まり、皆と顔をあわせた。

五人のランドセルには僕のあげたキーホルダーがついてる。

コアラとオーストラリアを型どったどっしりした物だ。

何気なく見ると、ついてるキーホルダー。

僕達はやはり仲がいいなぁ…。

それはそれはありがたい。

「じゃーん、どうどう？」

クラスの皆にみてもらおう。

「それどうしたの？」

「えっーと、マサキの海外へ行った時のプレゼントだよ」

「えーっ、いいなぁ、見せて、見せて…」

「青い空、大きなエメラルドの海、最高だったゼ」

「皆、おはよう。何が最高なんだぁ⁉」

後から元気に近づいてくるケイ。

「ケイ、お前ちょっと太ったかぁ～？」

「顔だけ太ったョ…、もうあんないっぱいのマカデミアンナッツ、もうくえねェー‼」

「お前、あれ一人で全部食べるからだよ」

はっはっはー、と五人は笑った。

「今度の土曜日、また仲間をさそって、草野球でもしようかー？」

皆はなんだかいてもたってもいられなくなった。ああ日本ってこんな感じだったな。

授業のチャイムがなり、田岡先生が入ってきた。

「はい、それじゃあ、廊下に並んで体育館へ行きなさい」

「はーい」

と言った。

それから午前中の始業式と学活が終り、帰宅となった。

「今日は僕の家で遊ぼう」

と僕が言うと皆は、

「ゲームを持って集合だ‼」

と言い部団別に帰宅した。

午後二時ごろさっそく皆が僕の家へ来た。

「おじゃましまーす」

母さんも心よく通してくれた。

「二階のマサキの部屋へどうぞ」

ゲーム、おやつ、ジュースなど沢山持ってきてくれた。

「ミュー、久しぶりだなぁー」

といって頭を撫でる。

「ポケモンのゲームで沢山のキャラクターを集めたよ」

「見せて、見せて…、交換しようゼ」

僕達の楽しみは今はゲームになっていた。

「ところでさぁー」

皆はゲームに夢中になりながらケイの話を聞いた。

「今、何時だぁ!?　遅いなぁ、ヨッチャンは…」

「もうすぐ来るよ…」

するとウワサをすると彼が二階へと上がってきた。

「遅いなぁー、好きな女子とでも会ってたんかー」

「何だよ、そんな事じゃないぞ」

「ところで、ヨッチャンは好きな子でもいるのか～？」

「なんでそんな話になるんだぁ!!

ちょっと弟の帰りを待ってたらこんな時間になっちゃたんだ」

「さぁ、はじめようゼ」

「よし、ゲームをしよう」

するとトントンと戸を叩く音がする。

母さんが皆にミルクココアを入れて来てくれた。

「ありがとうございます」

皆はお礼をいうと母さんはミューをつれて出ていった。

ヨッチャンは少し口を尖らせて
「マサキ家はいいよな、母さんがいて…」

ヨッチャンは下を向く。

「僕の母さんはなぜか幼い時に僕を置いて出ていったんだ。僕と幼い弟を残して…。

今は父さんと三人の生活も慣れて、楽しくはなってきてるけど…」

と少し淋しそうに見えた。

僕は、神様が少しだけ不公平なことをしてると感じる。

「今ではもう慣れっ子さ」

とヨッチャンは皆から目をそらした。

自分の力で立ち上がろうとしてる彼。

自分の力を信じてる彼がいた。

神様は多分、色んな試練を与えて試してる時があるように僕は思う。

野球でのヨッチャンは、ホームランをかっとばすくらいの学校一のヒーローだ。

将来プロ野球選手にでもなれそうだ。

そんなヨッチャンにも、人生の山がある。

山の道は真っすぐに行くだけの道ではない。

長い人生、ヨッチャンはどこまで歩いてるのだろうか。

山をこえてしんどい道、なだらかな道、またどこまでもつづく道。

「もう何も考えない方がいいよ。僕達、長いこと一緒に過ごした仲間だ」

と二階堂君が言うと、

「そうだよ、一緒に歩いていこう」

と佐藤君がヨッチャンの肩に手をのばした。

「ありがとう」

とヨッチャンは言った。

「ここまで生きてきて、野球以外ではあんまりほめてもらったことがなかった。いっぱいいい事をして皆からほめられたい」

と言った。

「感じることを感じて、言いたい事が言えて僕達は育ってきたんだ」

「僕らは僕らの時代を生きているんだ」

「あー、すっきりした！」

と突然、彼は笑顔に戻った。

僕が渡したＴシャツのすそで涙をふき、いつものヨッチャンの顔に戻った。

「お前、よく似合ってるゾ、そのＴシャツのオレンジ」

「そうか、似合ってるか」

とヨッチャンは照れ笑いをした。

僕達は、泣いて笑って、どこまでも続く道を歩んでいくだろう。

第四弾　～裏山探検隊集合編～

17. 遠足

僕は遠足のためのグループ分けをクラスの皆で決めていた。

仲の良いもん同士もいいし…。

一人リーダーを決めて、あとはジャンケンで決めるのもよし。

話し合いしながらクジ引きできめるのもよし…。

どうなることか…。

学級委員長が皆に意見を聞く。

「はーい。仲の良い者同士、三人集まるっていうのはどうですか…?」

「それでもグループに入れない子もいるゾ…」

皆は次々と意見を出し合った。

結局、仲の良い子たちで三人グループを決めて、六人グループになろうか…という事になった。

男子三人、女子三人で計、六人のグループが決まることになる。

僕は仲の良いグループ五人になるけど、三人と二人に分かれることになった。

その三人の中に頭のよい二階堂君がいた。

僕と二階堂君とヨッチャンと三人となり、
あとは佐藤君とケイの男子だ。女子とのグループとはくじ引きになる。

僕らのグループと一緒になる女子三人が決まり、女子のその顔を見たとたん、ぼくは少し困惑した。

その女子三人組は、幼稚園から一緒だった、前田さんとその友達だった。

僕はその子の口が悪いのを知ってるだけにこの先どうなるか心配した。

さっそく前田さんは
「よかった~!!　二階堂君と一緒で…、何かとしっかりしてるし、頼れるもんねー。

他の二人はどうだか…」

と僕の気分をよそに言いたい事をいってるなぁ…。

そして二階堂君のことを信頼をおいて安心してるようだった。

ベェーだ!!

なんかいやな感じ…。まぁいいか!!

前田のやつ…どうなることやら…。

僕は知らん顔をきめこんだ。

遠足の議題も進み、次にバスの席決めもした。

少しバスに酔う子は後方は無理そうなので、前の席になる。

僕のとなりの席は二階堂君となった。

〝はーい〟という声で
ふと横を見ると、坂上あいさんが後ろの席になっていたため席がえを要求していた。

僕は、自分には関係ないと思い、二階堂君と別の話をしてもりあがっていた。

「う、う…う」

突然、坂上さんは真っ赤な顔で急に泣き出してしまう。

～えっー、うそだろ⁉

二階堂君と顔を見合わせ、なにがどうなったのか理解できなかった。

男子たちは見て見ぬふりをし、どうなってるのかと女子達、先生も坂上さんに声をかける。

「坂上あいちゃん、どうしたの⁉」

「……」

下を向いて泣いてるだけだ。

「バスの後ろなのがイヤなのね…」

「おい、誰か代ってやってくれないか…」

「どうして泣くのかしら、ちゃんと言えば、前になるのに…」

女子たちのヒソヒソとなる声が聞こえてくるようだ。

「はい、はい！　皆、席について!!」

と田岡先生が大きな声で指示を出す。

「坂上さん、バスに酔うから前の席がいいのかなぁ?」

先生が聞くと
「うん」

と軽くかすかにうなずく。

――なんだ、そんな事か…。

僕は少し軽く考えた。

その時、坂上あいちゃんが、ある一部の女子から、いじめられてるとはきがつかなかったのだ。

先生は黒板を使って座席を決めていて
「誰か代わってくれる人いるか!?」

と聞く。

誰かいてくれそうだが、皆、何もいわなかった。

どうしたもんだか…。

すると突然、二階堂君が手をあげた。

「もしよかったら、ぼくが代わってあげるよ」

「そうか！　さすが二階堂だな…。わかった。

では二階堂の席にあいさんがいってくれ…」
――えっー。よかったけど、ちょっとまてまて…結局、僕のとなりじゃん⁉
坂上さんって少しおとなしいしなぁ…。それに少しポッチャリ系…。僕、泣きそう…。
前に座ってる二階堂君の顔を見ると満足そうにほほえんでる。
うで組みをしてる二階堂君はいいことをして、かっこいい。
――それないわ…まぁ、いいわ…。
あいちゃんの顔をチラリと見る。
少しうつむき、うつろな目で自分の両手を見下ろしてた。
――なんか元気がないな…。
チャイムがなるとあいちゃんは重い足取りで教室の外にでていった。
声をかける友達もいたが、一人で出ていった。
授業のチャイムがなると、田岡先生は国語の授業にとりかかろうとする。
隣の席のあいちゃんは帰ってくることはなかった。
あわてるように保健の先生が教室にやってくると田岡先生とろうかで話をしていた。
「今から授業をはじめるゾ」
先生はあいちゃんにふれることはなかった。
国語の授業中僕はすこし彼女が気になっていた。

六時間目の終わりのチャイムがなると、皆は帰り仕度をする。

僕と二階堂君たちも今日は部団で帰らず、自由下校だ。

田岡先生は、あいちゃんの机にいくと、ランドセルの中に机の中の物を入れはじめた。

二人の女子が先生に寄ってきた。

「あいちゃんどうしたの、先生」

「ああ、少し気分が悪いそうなので保健室で休んでるよ。多分、大丈夫だと思うよ」

「そう、よかった」

と二人の女子は笑顔となった。

窓ぎわにいた女子三人は、

「ふぅーん」

というとランドセルをかつぎ教室を出ていく。

――何かいやな女子だなぁ…。

普段はしっかりして頭もよさそうだけど、なんかいやな感じだ。

――ふーん…だって、あいつら、坂上のことどう思ってるのか…、いやな予感が僕はした。

二階堂君も三人の女子の方をふり返った。

そうとは知らずに先生はランドセルを片手に教室を出ていく。

そのあとを二人の女子がついていった。

僕は少し気になったが、今日は二階堂君たちと遊ぶ約束をしてさっそく帰宅することにした。

家に着いた僕は、母さんに遠足のプリントを手渡す。

「一月一八日に遠足ねー。やー、その日は給食がないから弁当かー、しんどいなぁー。

でもがんばって好きな物を作るから、何がいいかしらー？」

「別になんでもいいョ」

しんどいなら頼んでも仕方ないや…。

母さんも僕のリアクションに拍子ぬけしたみたいだ。

「あらいつも、からあげでＯＫだ!!

と言うのに…、今日はどうしちゃったのかな～」

母さんが少し残念そうに言うので、

「からあげでいいよ…。そういうなら…」

そもそも母さんの作る弁当はもうあきてきていた。

(土)・(日) のぼくの少年野球にいつも弁当を作ってくれる。

もう六年間も食べ続けたらあきてもくるよ。

「僕、今から二階堂君家に遊びに行ってくるよ」

ゲームをかばんにつめこんだ。

何かを察したのか、ネコのミューが足元にすりよってきた。

「じゃあ、ミュー、出かけてくるよ」

目を細めてのんびりとあくびをする。

僕はあわてて外にある自転車にまたがり走っていく。


「ただいま」

と僕が帰ってきたのは、夕方、六時前だった。

「あら、少し遅かったわね。二階堂君家に悪いじゃない」

「大丈夫だよ、向こうのお母さんも、〝もう帰るの？　また来てね〟と言ってたから」

「ふーん、そうか…」

母さんはそう言うとそそくさと台所へいった。

それからのぼくは、〝夕食前に宿題をしなさい〟といういつもの約束で、リビングの机で宿題をすることにする。

「ねェマサキ知ってる⁉　東大生って小さい時母さん達の目のとどく所で勉強してる人も、たくさんいたみたいョ。東大に受かっちゃって、すごい人ばっかりだと思うけど…。だからリビングで勉強してもらってるだけどね。この前のテストよかったじゃない⁉

成績も少しはかわってきたようね」

と母さんはうれしそうに夕食を作ってる。
またその話か…。
僕は肩をすくめた。
母さんの話はいつも何度か聞かされるのが常だった。
まぁいいか機嫌がいいし…。
肉の焼ける匂いがしてきた。
お腹がぐっーとなった。
あ～あ、宿題も今日は多いなぁ…。
おなかすいたなぁー。
早くすませることにしよう。
それから三十分たってやっと食事にありつけたのだった。

18. 彼女、坂上さん

次の日、学校へ行くと、

「マサキ、宿題やってきたか？」

とヨッチャンが声をかけてくる。

「一応やってきたけど…」

「少し見せてくれないか…」

「仕方ないなぁー」

と言って算数ノートを差し出す。

ヨッチャンは宿題を半分しかしてこなかった…と言ってるけど本当かあ⁉

「さんきゅー」ヨッチャンはそういうとあわてて、ノートにうつしだす。

僕は窓の外をながめた。

今から社会の授業があって次の時間は体育か…。

ヨッチャンのことはほっといて、今日の体育の授業のことを考えよう。

多分、サッカーだろうな…。

おもしろそうだなぁ、この前と同じチームがいいなぁーと僕は一人楽しくなりそうな事を思っていた。

はじまりのチャイムがなると先生が入ってくる。

僕はそれまでさほど気にしてなかったが、先生が入ってくるなり、

「坂上さんは今日、登校してるけど今、保健室で休んでもらってる」

と言った。

――体調悪くて登校してきたのかなぁ、かわってるなぁ、大丈夫か…、と僕の考えをよそに、

「大丈夫だと思うけど、一、二時間目だけ様子を見てみましょう」

と先生は言った。

僕もその時は〝ふーん、そうか〟だけ思っていた。

ところが次の休み時間になると、女子達が少しさわぎ出した。

「あいちゃん、ちょっと最近おかしいもんね」

「保健室登校したみたいだね」

保健室登校⁉　ってなんだぁ…。

二階堂君もその話を聞いていたみたいだった。

突然二階堂君が
「保健室登校ってもしかしたら登校拒否になってるのか⁉　この教室に来るのがいやなのか…」

と事の深刻さが伝わってくる。

「なんで教室がいやなんだ⁉」

と僕は二階堂君に聞く。

「さぁ…だれかにいじめられてるのか⁉」

「エッー⁉」

僕は目を丸くしておどろいた。

このクラスでいじめる人がいるのか⁉
だれだ、いったい全体⁉
教室をぐるっと見渡す、男子か女子か⁉
いつもとかわらない風景に少し心がゆれる。
僕は坂上さんがそんなに思いつめてるとは今までわからなかった。
普段から弱音をはかない。
普通にすごしてる女子だと思ったのに…。
それでも昨日の坂上さんの態度は少しおかしかったなぁ…。
二階堂君は、ゆっくりと信じられないというように首を横に振ってる。
「かわいそうだなぁ…」
とポツリと二階堂君は言う。
どうしたらいいんだろうか…。
女子の二人は、次の休み時間に保健室へむかえにいってみると言いだした。
今はその女子二人にまかせておこう。
次の休み時間にいった女子も体育の授業という事もあってあわてて帰ってきた。
坂上あいさんはまだ教室にはもどってこなかった。

僕も楽しみだった体育の授業は授業ではりきってた。
彼女の存在を忘れて三時間目をむかえた。
結局、給食の時間がすぎ、六時間目となったが教室へともどってくることはなかった。
先生も何度か保健室へと足を運んだが、くることはなかった。
やさしそうな女子二人も一度、二度、保健室へとたずねていった。
帰ってくるなり他の女子と話してた。
「あいちゃん、大変になってる‼」
「理由ははっきりとわからなかった…。
だって聞いても言わないもん…」
一人で思いつめてるみたいだった。
坂上あいちゃんの姿を今日一日見ることはなかった。

次の日も次の日も、坂上あいちゃんは教室に来ることはなかった。
それどころか昨日は学校へ来るのもイヤみたいで、自宅待機をしていた。
先生が朝から忙しそうに坂上さんの家にむかえにむかった。
皆は個々のグループで集まって話した。
僕たちも二階堂君らと五人集まった。

「オレ、ちょっと森さんのグループにいって事情きいてくるわ」

とヨッチャンが女子グループへと口をはさみにいった。

先生があいちゃん家へ行ってる間、僕たちは自習時間となっていた。

ヨッチャンがグループからかえってくるなり、

「なんか大変だなぁー」

とポツリと言う。

どうしたの？　と聞くとヨッチャンはちょっとかわいそうだと言った。

女子の間での話はこういうことだった。あいちゃんの話し方、言い方が伝わらない時がよくあったらしい。

ある女子が、ちゃんと話しなさい、話し方が伝わらないと説教した。

また動作がのろいぶん、早く歩けとか走れとか命令したら泣いちゃった…とか、いろんなウワサが流れていた。

おまけに上ばきをかくされたりして泣いた事もあるらしい。

ウワサだから本当の事は本人しかわからなかった。

そんな事されてるのなら、かわいそうだ。

次の時間、先生が帰ってきたが、坂上さんの姿はなかった。

「先生、どうしちゃったんですか？」

とたずねると、

「今、保健室に坂上さんはいるよ。事情を聞いてよく話し合うようにする。ところで、皆は心あたりの人がいるかな？　よかったら先生の所にそおっときて話、聞かせてくれ。

坂上さんの話だともう一つわからない事がある。早く教室に帰ってきてほしいなぁ」

と周りの様子をうかがいながら言った。

「先生、私たち、あいちゃんの事、とっても心配してます。放課後もう一度保健室へ行ってみたいのですが。よろしいですか？」

と優しい女子二人、かなえちゃんとゆりちゃんが口にした。

「まぁ、いいだろう、他の皆はどうする？」

そう先生は聞いてきた。

先生自身もおだやかな気持ちではなさそうだった。

何か事情を知ってるのだろう。

家族のものから聞いたのかもしれない。

先生は少しおこりぎみだった。

――どうしようか――。

皆は静かに下を向く。

「今日でもう何日になるかな…そう、もう五日ぐらいたったな。坂上さん自身も悩んでると思うよ」

と言うと先生の顔から笑顔はきえ、深刻な表情となっていた。

静まり返った教室で皆は口をつぐむ。

「坂上さんに早く帰ってきてほしい…と誰か言ってくれたらいいのになぁ…」

先生の顔がさらに険しくなる。

「まぁ、よく考えておいてくれ…」

と先生は学活を終了した。


僕は下校してから自分の部屋へとむかう。

久しぶりにＣＤでも聞いてみたかったのだ。

ラックからお気に入りのＣＤを取り出しセットした。

久しぶりに聞く音楽だ。

鼻歌を歌いリズムを体で感じた。

下から持ってあがったポテトチップスをあけると二、三枚口にほおばる。

お腹がへってたからちょうどいい。

楽しくゆかいな音が部屋中いっぱいになった。

自分の両太ももを小刻みに叩く。

のってる自分がまた楽しい。

一曲目が終った。

次はバラードの曲だ。

もの悲しい曲にいつものぼくなら、この歌詞もメロディーも胸がしめつけられるセリフがよかった。

それでも今日のぼくは違っていた。

頭の中で何度も先生の終りの会の場面がよみがえってきたのだ。

楽しかったはずの音楽が、微妙なずれになり、明るく笑ってた自分が、険悪感にもにた気分になってきた。

「♬きっときっと、きみ一人、やっとやっとぼく一人♬」

明るく歌ってみたものの気分は暗い。

何が〝きっときっときみ一人〟だよー。

とつぶやき椅子に座った。

「もうー、わびしいなぁ…」

今日の終わりの会、ぼんやりと皆を見て考えてた。

いつもならうれしそうに笑っていた坂上さん。

アニメの話をして女子三人と盛り上がっていた事もある彼女だった。

ある一部のクラスメートから口をきいてもらえなくなった。

仲間はずれにされた彼女…。

かわいそうに…。

けれどたまたま、ターゲットにされたのが彼女だったのかもしれない。

だってあの子自身、そんなに暗い性格でもなく、派手な感じでもなく、少しひかえめで明るい子だった。

ターゲットにしたあいつらが悪い。

あいつらとはたぶん例の三人組の女子だ。

頭はいいがなにかいやな目つきだ。

人を無視して傷つけて、何やってるんだろう。

彼女が肩をふるわし泣いてた姿がおもいうかぶ。

僕も二階堂君たちも力になってやろう。

そうしよう。

ＣＤが最後の曲になり、シューと終ったのを聞いた。

ＣＤを取り、ていねいにケースにしまい、ベットにあおむけに天井をあおぐように寝そべった。

窓の外を見ると、丸い月が雲にかくれていた。

やがて雲から半分の月が出て、かがやきだすと空が明るく感じた。

雲の陰で見えかくれする月が、明るくなると、ぼくの心のやみもはなれていく気がした。

19．僕の思い出

次の日の朝、僕はいつもと違うルートで教室へいくことにした。

職員室の前を通り、保健室の前を通ってから教室へといくのだ。

くつを自分の下駄箱にしまい、上ばきにはきかえると、さっそく職員室の前を通りすぎる。

めずらしくたくさんの先生とすれ違った。

僕は一人一人に朝のあいさつをして大変だった。

きわめつけに校長先生にまで会って、

「君は何年生かな？」

とまで質問されたぐらいだ。

やっとの思いで保健室へとたどりつくと中からお母さんと坂上さんの声が聞こえてきた。

「今日もここで一日過ごしましょうか⁉」

と保健の先生が話してた。

彼女自身も
「わかった」

といいうなずいていた。

保健室の戸が開いていた。

その時、僕の存在がいると彼女は気がついた。

彼女が、

「あ…黒田くん…」

というと、不思議そうな顔をした。

「あ…、坂上さん…。おはよう…。

僕も今日ここで勉強しようかな?」

ととっさにウソをついた。

彼女は驚いて見せた。

頬を紅潮させ生真面目な顔で
「本当!?」

というので思わず
「本当!」

といい、そして彼女はクスッと笑った。

それでも僕はあわてて
「本当はいてもいいんだけど、今日は教室へもどるよ」

というと彼女は少し淋しそうな顔をした。

ちらりとろうかを見ると

「そうなのか…」

と言って前をむいた。

僕はもう少し話さなければいけない気がした。

「あの…、坂上さん…」

彼女は聞こえてるのにもかかわらず、真っすぐ前を見つめていた。

「友達だから…、僕たち…いや、僕たちというのは二階堂君ら五人、坂上さんと友達だから…。それが言いたかった」

坂上さんは、ふと目線を下に向けた。

「わかった…」

と聞くのもやっとぐらいの小さな声で彼女は言った。

「そうか…じゃあ、又…」

とだけいって僕はたち去っていった。

教室に入ると二階堂君たちの顔が見え、僕を待っていた。

男子はあいかわらずはしゃいでいたが女子は少しちがっていた。

例の三人の女子はかたまってなにかヒソヒソと話ている。

他の女子たちは、皆、席につき、何かを書いてうつむいていた。

僕は二階堂君たちに保健室であった事をはなした。

チャイムの音がなると先生が入ってきた。

するとクラス委員の女子が、先生にある提案をしたのだ。

「先生、少しはなしがあるのですが…」

先生は何かとたずねると
「坂上さんのことですが…、昨日、先生が言ってる事が彼女にとって大問題になってると思いました。そこで私たち考えたのですが、できるだけはやく教室にもどってきてほしいので、お手紙を書こうかと思ってるんですが、どうでしょうか？」

先生もそれはいい事だと言ってくれた。

結局、書きたい子だけ書いて、お手紙を渡すことになっていった。

僕らも一言ずつ書いていくことになった。

〝皆、心配してるよ…。坂上さんが何かあったのなら、私たちが一緒になってあげるよ。ファイト❣　クラスに帰れるゾ、きっと、まだまだすてたもんじゃないゾ、このクラス…。〟

と寄せがきを書いた。

そして代表者一人、仲がいい二人の女子と先生と渡しにいくこととなった。

先生も遠足までには、皆と一つになりたいと思ってるらしい。

手紙は効果てきめんで彼女は次の日、少しだけ教室に顔を出すことに成功したのだ。

皆はそんな彼女をあたたかくむかえてやる事ができた。

坂上さんも教室にふっかつできるのもそう遠い日ではなかったのだ。

坂上さんが教室にもどってきた時は意外と普通だった。

ふらっときてすっーと席にすわっていた。

僕は目が合うと彼女はふと前を見た。

その時の顔はこの前とちがって軽くほほえんでいた。

…ありがとう…。

僕にはそんな言葉がきこえたような気がした。

二階堂君たちもよかったよかったと言い、女子たちも少しはれものにでもさわるような感じで最初は接していたが、すぐうちとけていった。

窓の外からまぶしいくらいの光がさし込みふと外を見た。

こっけいなほどのピンクのリスやウサギのオブジェ…。

小さい時から見ていた景色だった。

この六年間、いろんな事があったなー。

僕は、この景色を一生忘れないだろう。

皆達の笑顔、これも忘れることがないだろう。

小学生、裏山探検隊

2020年7月20日　初版第1刷発行
著　者　恋下うらら
発行所　株式会社 牧歌舎 東京本部
〒101-0064　東京都千代田区神田猿楽町2-5-8 サブビル2F
TEL 03-6423-2271　FAX 03-6423-2272
http://bokkasha.com　代表：竹林哲己
発売元　株式会社 星雲社（共同出版社・流通責任出版社）
〒112-0005　東京都文京区水道1-3-30
TEL 03-3868-3275　FAX 03-3868-6588
印刷・製本　株式会社ダイビ

ISBN978-4-434-27811-2　　C0093